Nikolai W. Gogol

Die Geschichte vom großen Krakeel zwischen Iwan Iwanowitsch und Iwan Nikiforowitsch

Übersetzt von Korfiz Holm

Nikolai W. Gogol: Die Geschichte vom großen Krakeel zwischen Iwan Iwanowitsch und Iwan Nikiforowitsch

Übersetzt von Korfiz Holm.

Erstdruck: St. Peterburg, Verlag Smirdine, 1832. Hier in der Übersetzung von Korfiz Holm, München, Verlag A. Langen, 1925.

Neuausgabe mit einer Biographie des Autors
Herausgegeben von Karl-Maria Guth
Berlin 2016

Umschlaggestaltung von Thomas Schultz-Overhage unter Verwendung des Bildes: Ilya Repin, Zwei Bauern aus der Ukraine, 1880

Gesetzt aus der Minion Pro, 11 pt

Verlag: Henricus - Edition Deutsche Klassik GmbH
Mörchinger Str. 33, 14169 Berlin, info@henricus-verlag.de
Druck: Libri Plureos GmbH, Friedensallee 273, 22763 Hamburg

ISBN 978-3-8430-8937-1

Bibliografische Information der Deutschen Nationalbibliothek

Die Deutsche Nationalbibliothek verzeichnet diese Publikation in der Deutschen Nationalbibliografie; detaillierte bibliografische Daten sind im Internet über www.dnb.de abrufbar.

1.

Das erste Kapitel. Iwan Iwanowitsch und Iwan Nikiforowitsch

Iwan Iwanowitsch hat eine herrliche Pekesche! Einfach wunderbar! Und dieser Astrachanbesatz! Zum Kuckuck, dieser Astrachanbesatz! Schwarzblau, und gleichsam weiß bereift! Ich zahle jeden beliebigen Betrag, wenn einer mir nachweisen kann, daß sonst noch irgend jemand so ein Pelzwerk hat! Seht es euch doch in Gottes Namen an, besonders wenn er da mit einem steht und spricht – seht es euch von der Seite an: wie das sich präsentiert! Es läßt sich einfach nicht beschreiben: Sammet! Silber! Feuer! Herr mein Heiland und Knecht Gottes, heiliger Wundertäter Nikolai! Warum besitze ich keine so prächtige Pekesche! Er hat sie sich in jenen Zeiten machen lassen, als Agafija Fedossejewna noch nicht so oft nach Kiew fuhr. Ihr kennt sie doch? Es ist dieselbe Agafija Fedossejewna, die dem Herrn Assessor das Ohr abgebissen hat.

Iwan Iwanowitsch ist ein prächtiger Mensch! Na, und sein Haus in Mirgorod! Ein Vordach, das auf eichenen Pfosten steht, läuft rundherum; und lauter Bänke sind darunter aufgestellt. Wenn's ihm zu heiß wird, tut Iwan Iwanowitsch seine Pekesche und das Unterzeug von sich und hält im bloßen Hemd unter dem Vordach Siesta und beobachtet dabei, was auf dem Hof und auf der Straße vorgeht. Und was für Birn- und Apfelbäume unter seinen Fenstern wachsen! Macht man nur ein Fenster auf, so drängen sich die Zweige bloß so ins Zimmer. Das ist vor dem Haus; ihr solltet aber sehn, was es im Garten alles gibt! Was gibt's in diesem Garten nicht? Da gibt es Pflaumen, Kirschen, Vogelkirschen, jegliches Gemüse, Sonnenblumen, Gurken und Melonen, Erbsen, ja selbst eine Tenne sowie eine Schmiede.

Iwan Iwanowitsch ist ein prächtiger Mensch! Er ißt Melonen für sein Leben gern; die sind sein Lieblingsobst. Wenn er gegessen hat und sich im bloßen Hemd unter das Vordach setzt, dann läßt er sich von Gapka zwei Melonen bringen, schneidet sie selbst auf, sammelt die Kerne in ein eigenes Stück Papier und fängt zu essen an. Dann muß ihm Gapka Tintenfaß und Feder bringen, und er schreibt mit eigner Hand auf das Papier, worin die Kerne sind: ›Diese Melone ist am soundsovielten gegessen worden.‹ Und wenn noch ein Gast zugegen war, fügt er hinzu: ›Unter Beteiligung von dem und dem.‹

Der verstorbne Mirgoroder Richter hatte immer seine ganz besondre Freude daran, wenn er das Haus Iwan Iwanowitschs betrachtete. Nun, und dieses kleine Haus ist in der Tat sehr nett. Und mir gefällt es ganz besonders gut, daß sich daran von allen Seiten größere und kleinere Anbauten lehnen, so daß man von weitem nichts als lauter Dächer übereinander sieht, was fast an einen Teller voll kleiner dicker Pfannkuchen erinnert oder noch mehr vielleicht an eine Kolonie von Baumschwämmen. Alle diese Dächer sind mit Schilf gedeckt; ein Weidenbaum und eine Eiche und zwei Apfelbäume neigen ihre breiten Äste über sie. Zwischen den Bäumen durch sieht man selbst von der Straße her die kleinen Fenster mit den ausgesägten, weißgestrichenen Läden glänzen.

Iwan Iwanowitsch ist ein prächtiger Mensch! Der Herr Poltawaer Kommissar ist auch sehr gut mit ihm bekannt. Und wenn Dorosch Tarassowitsch Puchiwotschka aus Chorol vorbeikommt, kehrt er stets bei ihm ein. Und der hochwürdige Oberpfarrer Pjotr in Koliberda sagt jedesmal, wenn er fünf Gäste bei sich hat, er kenne kaum jemand, der seine Christenpflichten so erfülle und so gut zu leben wisse wie Iwan Iwanowitsch. Gott, wie die Zeit vergeht! Zehn Jahre sind es schon, seitdem er Witwer wurde. Kinder hat er nicht. Dafür hat Gapka Kinder, und sie laufen munter auf dem Hof herum. Iwan Iwanowitsch schenkt ihnen immer was, entweder einen Kringel oder auch ein Stück Melone oder eine Birne. Der Magd Gapka sind die Schlüssel zu den Kammern und Kellern anvertraut. Und nur den Schlüssel zu der großen Truhe in der Schlafstube und den zur mittleren Vorratskammer hat er selber in Verwahrung, weil er sie nicht gern andern überläßt. Gapka ist ein gesundes Frauenzimmer, stramm von Waden und von Backen. Und wie gottesfürchtig ist Iwan Iwanowitsch! Jeden Sonntag zieht er die Pekesche an und geht zur Kirche. Dort verbeugt er sich zuerst nach allen Seiten und begibt sich dann gewöhnlich auf den Chor, wo er die Baßsänger sehr tüchtig unterstützt.

Und ist der Gottesdienst vorbei, dann kann Iwan Iwanowitsch sich's einfach nicht versagen, alle Bettler aufzusuchen. Möglich, daß ihm das langweilig ist und keine Freude macht – die angeborene Güte aber treibt ihn doch dazu.

Er stellt sich vor das ärmlichste, in dürftige Lumpen eingehüllte Frauchen hin und sagt:

»Na, Gott zum Gruß! Wo kommst du her, Ärmste?«

»Aus unserm Dorfe, gnädiger Herr … drei Tage nichts gegessen und getrunken; von den eignen Kindern fortgejagt.«

»Du Arme, du! Und warum kommst du grade hierher?«

»Gnädiger Herr, um milde Gaben zu erbitten, ob mir nicht ein guter Mensch ein Stückchen Brot schenkt.«

»Hm, soso, du möchtest also Brot?« pflegt dann Iwan Iwanowitsch zu fragen.

»Ja, freilich möcht ich welches! Ich bin so hungrig wie ein Wolf.«

»Hm«, pflegt Iwan Iwanowitsch dann zu erwidern, »und du möchtest wohl auch Fleisch?«

»O ja, für alles, was mir Euer Gnaden schenken wollen, werd ich herzlich dankbar sein.«

»Hm, und scheint Fleisch dir nicht noch schmackhafter als Brot?«

»Wer Hunger leidet, ist nicht wählerisch! Was Ihr mir gebt, dafür sag ich Euch Dank.« Und dabei hält die Bettlerin ihm gewöhnlich ihre Hand hin.

»Also, geh mit Gott!« sagt dann Iwan Iwanowitsch. »Wozu stehst du noch da? Ich tu dir nichts.«

So fragt er wohl noch einen zweiten, dritten, vierten aus und geht zum Schluß nach Hause oder auch auf einen Schnaps zu seinem Nachbarn Iwan Nikiforowitsch oder zum Richter oder zum Polizeimeister.

Iwan Iwanowitsch hat es gern, wenn man ihn freihält oder ihn beschenkt. Das schätzt er sehr.

Iwan Nikiforowitsch ist gleichfalls ein famoser Mensch. Sein Hof grenzt an den Hof, der seinem besten Freund, Iwan Iwanowitsch, gehört. Ja, eine solche Freundschaft hat es, seit die Welt besteht, kaum gegeben. Anton Prokofjewitsch Pupopus, der bis zum heutigen Tag einen zimtbraunen Rock mit blauen Ärmeln trägt und an den Sonntagen beim Richter zu Mittag ißt, pflegte zu sagen, daß der Teufel selbst Iwan Nikiforowitsch und Iwan Iwanowitsch an ein und denselben Bindfaden gebunden hätte: wo der eine sei, sei auch der andere nicht weit.

Iwan Nikiforowitsch war nie verheiratet. Man hat ja zwar behauptet, daß er doch verheiratet gewesen wäre; das ist aber eine glatte Lüge. Denn ich kenne ihn genau, und ich kann bezeugen, daß er nicht einmal daran gedacht hat, eine Frau zu nehmen. Wer bloß all die Klatschgeschichten aufbringt? So hat man erzählt, Iwan Nikiforowitsch hätte von Geburt an hinten einen Schwanz. Doch finde ich diese läppische Erfindung so witzlos und auch so unpassend, daß ich es für ganz überflüssig halte, sie zu widerlegen, und zumal vor meinen aufgeklärten Lesern, die selbst wissen, daß nur Hexen, und sogar von diesen längst nicht alle, hinten kurze Schwänze haben. Hexen aber sind doch im allgemeinen, dächt ich, eher weiblichen als männlichen Geschlechts.

Trotz ihrer gegenseitigen Zuneigung kann man doch nicht behaupten, daß sich diese selten guten Freunde so besonders ähnlich wären. Und am besten kann man ihre beiderseitige Eigenart erkennen, wenn man sie vergleicht. Iwan Iwanowitsch besitzt in einem Maß, das nicht alltäglich ist, die Gabe, angenehm zu sprechen. Lieber Gott, wie gut er spricht! Man hat dabei so ein Gefühl, als würde man am Kopf gekrault oder als streichle einen jemand leise, leise mit dem Finger an der Ferse. Und man horcht und horcht und läßt den Kopf behaglich sinken. Das tut wohl, so wohl wie eine Schlummerstunde nach dem Bad.

Iwan Nikiforowitsch ist im Gegensatz dazu recht schweigsam von Natur; wirft er jedoch einmal ein Wörtchen hin, da kann man jedem raten: halt dich fest! Das wirkt dann schärfer als das schneidigste Rasiermesser. – Iwan Iwanowitsch ist mager und von hohem Wuchs; Iwan Nikiforowitsch ist nicht ganz so groß, lädt dafür aber kräftig in die Breite aus. – Iwan Iwanowitsch hat einen Kopf, der einem Rettich mit dem Schwanz nach unten gleicht, Iwan Nikiforowitsch hat einen Kopf, der einem Rettich mit dem Schwanz nach oben gleicht. – Iwan Iwanowitsch hält nur nach Tisch im bloßen Hemd Siesta unter seinem Vordach; abends zieht er die Pekesche an und geht ein bißchen fort, entweder in das städtische Magazin, wohin er Mehl zu liefern hat, oder aufs Feld hinaus, wo er den Wachteln Schlingen stellt. Iwan Nikiforowitsch liegt den ganzen Tag auf seiner Anfahrt und läßt sich, wenn es kein gar zu heißer Tag ist, unentwegt die Sonne auf den Buckel scheinen und geht äußerst ungern fort. Am Morgen geht er höchstens einmal, wenn er Lust dazu verspürt, über den Hof und sieht ein bißchen in die Wirtschaft, legt sich aber dann gleich wieder hin. In früheren Zeiten ist er hie und da wohl mal zu Iwan Iwanowitsch hinübergegangen. – Iwan Iwanowitsch ist ein Mann von großem Zartgefühl, er gebraucht im Lauf der Unterhaltung nie ein unanständiges Wort und ist entsetzt, wenn er ein solches hören muß. Iwan Nikiforowitsch aber läßt sich hierin manchmal etwas gehn. Und dann springt Iwan Iwanowitsch sofort vom Stuhl empor und sagt: »Hören Sie auf, Iwan Nikiforowitsch; legen Sie sich schleunigst wieder in die Sonne, statt so gottvergessene Worte zu gebrauchen!« – Iwan Iwanowitsch ist sehr empört, wenn er in seiner Suppe eine Fliege findet: er gerät dann außer sich, feuert den Teller an die Wand und liest dem Wirt entrüstet die Leviten. Iwan Nikiforowitsch badet leidenschaftlich gern, und wenn er bis zum Hals im Wasser sitzt, dann läßt er einen Tisch vor sich ins Wasser stellen und die Teemaschine darauf. So sitzt er schön im Kühlen und trinkt mit Behagen Tee dazu. – Iwan Iwanowitsch rasiert sich zweimal wöchentlich, Iwan Nikiforowitsch nur einmal in der Woche. – Iwan Iwanowitsch ist furchtbar neugierig: Gott schütze jeden, der ihm was erzählt und damit nicht zu Ende kommt! Wenn er mit irgend etwas unzufrieden ist, läßt er es sich gleich anmerken. Iwan Nikiforowitsch sieht man es so leicht nicht an, ob er zufrieden oder wütend ist; wenn er sich über etwas freut, so zeigt er es doch nicht. – Iwan Iwanowitsch ist furchtsam von Natur. Iwan Nikiforowitsch trägt, im vollen Gegensatz dazu, so faltenreiche weite Hosen, daß sie in aufgeblasenem Zustand seinen ganzen Hof samt Wohnhaus, Stallungen und Scheunen in sich fassen könnten. – Iwan Iwanowitsch hat große, ausdrucksvolle, tabakfarbene Augen, und sein Mund erinnert etwas an ein V; Iwan Nikiforowitsch hat gelbliche kleine Augen, die unter den dichten Brauen und zwischen seinen wohlgenährten Backen fast verschwinden, seine Nase aber ähnelt einer reifen Pflaume. – Wenn Iwan Iwanowitsch einem eine Prise offeriert, leckt er vorher den Deckel seiner Tabakdose ab, knipst mit dem Finger daran und sagt, wenn's ein Bekannter ist, mit dem er spricht: »Darf ich Sie bitten, werter Gönner, mir die Ehre anzutun?« Doch wenn es sich um einen Fremden handelt, sagt er: »Darf ich bitten, werter Gönner, den zu kennen ich den Vorzug leider nicht genieße, mir die Ehre anzutun?« Iwan Nikiforowitsch hingegen gibt einem seine Dose in die Hand und sagt dazu nur: »Bitte sehr!« – Iwan Iwanowitsch und Iwan Nikiforowitsch haben beide einen großen Widerwillen gegen Flöhe. Darum läßt Iwan Iwanowitsch so wenig wie Iwan Nikiforowitsch einen jüdischen Hausierer weitergehn, bevor er ihm nicht eine Reihe Büchsen mit verschiednen Arten von Insektenpulver abgekauft und ihn bei der Gelegenheit auch tüchtig wegen seines falschen Judenglaubens ausgescholten hat.

Im übrigen waren Iwan Iwanowitsch und Iwan Nikiforowitsch, so wenig sie sich auch in manchen Punkten glichen, alle beide prächtige Menschen.

2.

Das zweite Kapitel, aus dem man erfährt, was für ein Gegenstand Iwan Iwanowitsch in die Augen stach, worüber sich Iwan Iwanowitsch und Iwan Nikiforowitsch miteinander unterhielten und zu welchem Ende diese Unterhaltung führte

Eines schönen Julimorgens lag Iwan Iwanowitsch unter seinem Vordach. Es herrschte eine starke Hitze, und ein leises Flimmern schwebte in der trocknen Luft. Iwan Iwanowitsch war schon draußen auf dem Gutshof vor der Stadt gewesen, hatte den Schnittern zugesehen und die Bauern, die ihm unterwegs begegneten, nach dem Wohin, Wie und Warum befragt, war endlich wieder, müde von der Lauferei, zu Hause angekommen und hatte sich hingelegt, um auszuruhn. So lag er und besah sich seinen Hof, die Scheuern und die Kammern und die Hühner, die im Sande scharrten, und sprach stillvergnügt zu sich: ›Herrgott, bin ich ein Wirt! Möcht wirklich wissen, was mir fehlt! Ich hab Geflügel, hab ein Haus, hab Scheunen, hab alles, was das Herz begehrt, hab Branntwein und Likör; Birnen und Pflaumen trägt mein Obstgarten, mein Küchengarten Erbsen, Mohn und Kohl … Was fehlt mir denn? Möcht wirklich wissen, was mir fehlt!‹

Diesem tiefsinnigen Gedanken grübelte Iwan Iwanowitsch nach; doch suchten seine Augen unterdes jenseits des Zauns nach neuen Zielen und entdeckten auf dem Hofe seines Nachbarn einen Vorgang, der ihn fesselte: Ein dürres altes Weib trug dort muffig gewordne Kleidungsstücke aus dem Haus und hängte sie zum Lüften über die Wäscheleine. Ein alter Uniformrock mit verblichnen Aufschlägen hielt die Ärmel in die Luft gestreckt und wollte anscheinend ein halbtuchenes Ärmelleibchen an sich drücken; hinter diesem lugte eine Adelsuniform mit Wappenknöpfen und von Motten angefressenem Kragen hervor; dann ein Paar schmutzige weiße Kaschmirhosen, die vor langer Zeit Iwan Nikiforowitschs Beine stramm umspannt hatten und heute seine Finger eben noch zur Not umspannen würden. Daneben hing ein Kosakenrock aus blauem Tuch, den sich Iwan Nikiforowitsch vor reichlich zwanzig Jahren hatte machen lassen, als er sich zur Landwehr melden wollte und sich deshalb schon den Schnurrbart stehn ließ. Hierauf kam ein Degen, der gleich einer Kirchturmspitze in die Lüfte stach. An seiner Seite flatterte ein faltenreicher, langer grüner Rock mit talergroßen Messingknöpfen. Hinter ihm sah eine goldbordierte, sehr weit ausgeschnittne Weste hervor und hinter dieser ein Unterrock der seligen Großmama, mit ein paar Taschen, daß man darin gut und gern je eine riesige Melone hätte unterbringen können. Dies alles bot Iwan Iwanowitsch ein Bild voll Reiz; und wie die Sonnenstrahlen hier ein Stückchen eines blauen oder grünen Ärmels oder einen roten Aufschlag, dort ein Stückchen Goldbrokat aufleuchten ließen oder funkelnd auf der Degenspitze spielten, gaben sie dem Ganzen etwas wunderlich Geheimnisvolles, wie es wohl um die Puppenspiele webt, die schlaue Gaukler im Umherziehn auf den Bauernhöfen zeigen – eng gedrängt bestaunt die Menge den Herodes mit der goldnen Krone und den Anton mit der Ziege. Hinter der Bühne wimmert eine Geige; ein Zigeuner ahmt die Trommel nach, indem er mit den Fingern an den Lippen spielt; die Sonne sinkt, die frische Kühle der südlichen Sommernacht schmiegt sich den drallen Bäuerinnen heimlich fest an Brust und Schultern.

Wieder kam die Alte schwer beladen aus der Kammer her und schleppte keuchend einen Sattel mit abgerissenen Steigbügeln und schäbigen ledernen Pistolentaschen sowie eine Schabracke, die einst rot gewesen war und reiche Goldstickerei und Messingplättchen als Verzierung trug.

›So'n dummes Frauenzimmer!‹ dachte Iwan Iwanowitsch. ›Ich möchte wetten, nächstens trägt sie noch Iwan Nikiforowitsch selbst heraus und hängt ihn da zum Lüften auf.‹

Und in der Tat, Iwan Iwanowitsch hatte hiermit gar nicht weit vorbeigeraten. Schon nach fünf Minuten hingen seines Nachbarn herrschaftliche weite Hosen auf dem Strick und füllten fast für sich allein den halben Hof. Und endlich kam das alte Weib dann noch mit einer Mütze sowie einer Flinte aus dem Hause.

›Was bedeutet das?‹ dachte Iwan Iwanowitsch. ›Das hab ich doch noch nie gesehen, daß Iwan Nikiforowitsch eine Flinte hat! Nein, was bedeutet das? Er schießt doch nie – und hält sich ein Gewehr! Was tut er denn damit? Und eine feine Flinte! So was wünsch ich mir schon längst. Das wäre so mein Fall, dies Schießgewehr, – ich hab so großen Spaß am Schießgewehr!‹

»He, Alte, Alte!« rief Iwan Iwanowitsch und winkte ihr. Die Alte schlurfte an den Zaun heran.

»Du, Alte, sag mal, was hast du da?«

»Das können Sie doch selbst sehn – eine Flinte.«

»Was für eine Flinte denn?«

»Was für 'ne Flinte? Weiß der liebe Gott! Ja, wenn sie mir gehörte, wüßte ich vielleicht, aus was sie ist. Nein aber, sie gehört dem gnädigen Herrn.«

Iwan Iwanowitsch stand auf und sah sich das Gewehr von allen Seiten an. Dabei vergaß er ganz, sie auszuschimpfen, weil sie auch den Degen und die Flinte lüften wollte.

»Wenn mir recht ist, wird sie wohl von Eisen sein«, sagte das Weib.

»Hm, Eisen. Warum sollte sie von Eisen sein?« murmelte Iwan Iwanowitsch. »Hat sie der Herr schon länger?«

»Kann wohl sein, daß er sie länger hat.«

»Schönes Gewehr!« sagte Iwan Iwanowitsch. »Ich bitte mir die Flinte von ihm aus. Was macht er denn damit? Oder ich geb ihm was dafür in Tausch. – Du, Alte, ist der Herr daheim?«

»Jawohl.«

»Hat sich wahrscheinlich hingelegt?«

»Jawohl.«

»Na schön; ich geh mal hin.«

Iwan Iwanowitsch zog sich an, nahm seinen Knotenstock zum Schutz gegen die Hunde mit, die in den Mirgoroder Straßen häufiger als die Menschen sind, und machte sich gleich auf den Weg.

Die beiden Nachbarhöfe grenzten aneinander, und man konnte leicht über den Zaun vom einen in den andern steigen. Doch Iwan Iwanowitsch ging lieber über die Straße zu Iwan Nikiforowitsch. Von dieser

Straße mußte er in eine Gasse biegen, die so eng war, daß zwei ein-
spännige Wagen, die sich zufällig darin begegneten, nicht weiterkonnten
und voreinander stehenbleiben mußten, bis man sie an den Hinterrä-
dern packte und nach zwei verschiednen Seiten wieder rückwärts auf
die Straße zog. Und wer zu Fuß durch diese Gasse ging, sah sich alsbald
sehr reich mit Grün geschmückt, weil an den Zäunen rechts und links
so viele Kletten wuchsen. Auf der einen Seite dieser Gasse lag Iwan
Iwanowitschs Scheune, auf der andern lagen seines Nachbarn Iwan
Nikiforowitsch Speicher, Tor und Taubenschlag. Iwan Iwanowitsch
trat ans Tor und klappte mit der Klinke, was ein wütendes Gebell
entfesselte; doch die verschiedenfarbige Hundeschar verzog sich
freundlich wedelnd in den Hintergrund, als sie bemerkte, daß da ein
Bekannter kam. Iwan Iwanowitsch durchschritt den Hof, wo es ein
buntes Durcheinander gab: indische Tauben, die Iwan Nikiforowitsch
selbst zu füttern pflegte, Schalen von Wassermelonen und andern
Melonen, hier Gemüseabfälle, dort ein zerbrochnes Rad oder einen
Faßreifen oder einen kleinen Jungen, der sich mit verdrecktem Hemd
am Boden wälzte – kurz, ein Bild, das einem Maler zum Entzücken
hätte dienen können. Die über den Strick gehängten Kleidungsstücke
hüllten fast den ganzen Hof in ihren Schatten und erzeugten auf diese
Weise eine Spur von Kühle. Nachlässig verneigte sich die Alte vor
Iwan Iwanowitsch, gähnte dann aber und rührte sich nicht einen Schritt
vom Fleck. Die Anfahrt vor dem Haus hatte ein Schutzdach über sich,
das auf zwei eichnen Säulen ruhte und die Sonne nur sehr ungenügend
abhielt; die versteht um diese Zeit ja in Kleinrußland keinen Spaß und
läßt den Wanderer vom Kopf bis zu den Füßen weidlich schwitzen.
Daraus ersieht man ohne weiteres, wie stark Iwan Iwanowitschs
Sehnsucht war, das unentbehrliche Gewehr sein Eigentum zu nennen;
denn er hätte sich sonst kaum um diese Stunde auszugehn entschlossen,
sondern den Besuch erst um die Abendzeit gemacht, weil er bei Tage
überhaupt niemals spazierenging.

In dem Zimmer, das Iwan Iwanowitsch betrat, herrschte vollkommne
Finsternis. Die Läden waren zugemacht, der Sonnenstrahl, der durch
das Guckloch eindrang, leuchtete in den Regenbogenfarben und malte

auf die Rückwand eine bunte Landschaft: Binsendächer, Bäume und die Kleidungsstücke, die im Hofe hingen; alles aber auf dem Kopfe stehend. Das erzeugte eine sonderbare Dämmerung in dem Gemach.

»Grüß Gott!« sagte Iwan Iwanowitsch.

»Schönen guten Tag, Iwan Iwanowitsch!« antwortete eine Stimme aus der Zimmerecke. Und jetzt erst erblickte Iwan Iwanowitsch seinen Nachbarn, der am Boden ausgestreckt auf einem Teppich lag. »Entschuldigen Sie, daß ich vor Ihnen im Naturzustand erscheine.« Iwan Nikiforowitsch lag bar jedes Kleidungsstückes da, selbst ohne Hemd.

»Macht nichts. Wie haben Sie heut nacht geruht, Iwan Nikiforowitsch?«

»Danke. Und wie haben Sie geruht, Iwan Iwanowitsch?«

»Oh, danke sehr.«

»Dann sind Sie jetzt erst grade aufgestanden?«

»Ich? Grade aufgestanden? Lieber Gott, Iwan Nikiforowitsch! Wie kann man denn so lange schlafen! Ich komm eben vom Gutshof zurück. Ein prachtvoller Getreidestand den ganzen Weg entlang! 'ne wahre Freude! Auch das Heu so lang und weich und üppig …!«

»Gorpina!« schrie Iwan Nikiforowitsch. »Bring Iwan Iwanowitsch den Schnaps und Maultaschen mit saurer Sahne!«

»Schönes Wetter heute.«

»Sagen Sie das nicht, Iwan Iwanowitsch! Der Teufel mag es holen! Niemand weiß, wo er vor Hitze hin soll!«

»Natürlich muß der Teufel angerufen werden! Ach, Iwan Nikiforowitsch, passen Sie nur auf, Sie werden sich an das, was ich Ihnen jetzt sagen will, erinnern, wenn's zu spät ist: Ihre Strafe in der andern Welt für diese gotteslästerlichen Worte bleibt nicht aus.«

»Womit hab ich Sie denn gekränkt, Iwan Iwanowitsch? Ich habe weder gegen Ihren Vater noch gegen Ihre Mutter was gesagt.«

»Ach, lassen Sie es, lassen Sie es nur, Iwan Nikiforowitsch!«

»Bei Gott, ich hab Sie doch nicht gekränkt, Iwan Iwanowitsch!«

»Zu sonderbar, die Wachteln lassen sich zur Zeit noch gar nicht mit der Pfeife locken.«

»Wie Sie mögen! Denken Sie, was Ihnen richtig scheint – ich hab Sie durchaus nicht kränken wollen.«

»Ich weiß nicht, warum sie noch nicht auf den Lockpfiff gehen«, sagte Iwan Iwanowitsch, als höre er nicht, was Iwan Nikiforowitsch sprach.

»Die Zeit ist dann wohl noch nicht da, obgleich ich das Gefühl hab, es muß eben jetzt die rechte Zeit sein.«

»Sagten Sie, die Saaten stehen gut?«

»Oh, wunderbar, ganz wunderbar!«

Ein Schweigen folgte diesen Worten.

»Sagen Sie, Iwan Nikiforowitsch, was für Kleider lassen Sie denn eigentlich da draußen lüften?« fragte nun Iwan Iwanowitsch.

»Ja, meine schönen und so gut wie neuen Kleider hat das gottverfluchte Weib verschimmeln lassen; jetzt muß sie sie lüften; feiner tadelloser Stoff; wenn man das Zeug wenden läßt, kann man es wieder anziehn.«

»Etwas von den Sachen hat mir sehr gefallen«, sagte Iwan Iwanowitsch.

»So? Was denn?«

»Sagen Sie doch, bitte, was ist das für eine Flinte, die da mit den Kleidern an die Luft gehängt ist?« Und Iwan Iwanowitsch hielt dem Nachbarn seine Tabakdose hin. »Darf ich Sie bitten, mir die Ehre anzutun? Bedienen Sie sich!«

»Danke sehr! Bedienen Sie sich selbst! Ich schnupf von meinem eignen.«

Iwan Nikiforowitsch tastete nach allen Seiten und fand glücklich seine Dose.

»So ein dummes Weib! Hat sie die Flinte mit hinausgehängt! Famoser Tabak, den der Jude in Sorotschinzy zusammenmischt! Ich weiß nicht, was er da Wohlriechendes hineintut. Hat so was von Rainfarn. Nehmen Sie ein bißchen in den Mund und kauen Sie es gut: ob es nicht ganz wie Rainfarn schmeckt? Bedienen Sie sich, bitte sehr!«

»Ich danke bestens. Ach, Iwan Nikiforowitsch, um nun auf Ihr Gewehr zurückzukommen – sagen Sie, was tun Sie eigentlich damit? Sie brauchen es doch nicht.«

»Wieso – nicht brauchen? Wenn ich mal schießen will?«

»Oh, Gott behüte Sie, Iwan Nikiforowitsch, wann sollten Sie denn schießen? Etwa bei Christi nächster Wiederkunft? Sie haben doch, soviel ich weiß und andre sich erinnern können, nie im Leben auch nur die kleinste Wildente erlegt, und Ihre ganze Konstitution ist ja von Gott dem Herrn auf Schießen überhaupt nicht eingerichtet. Wo Sie doch so stattlich von Gestalt und Haltung sind! Wie wollen Sie durch Sumpf und Morast steigen, wenn auch ohne das schon Ihre Unaussprechlichen gelüftet werden müssen? Sagen Sie, wie wäre es erst dann? Nein, was Sie brauchen, das ist Ruhe und Erholung.« (Wie wir weiter oben schon erwähnten, wußte sich Iwan Iwanowitsch blendend auszudrücken, wenn er jemand überzeugen wollte. Oh, wie schön er sprach! Mein Gott, wie schön er sprach!) »Nein, nein, für Sie paßt nichts, was Unruhe bedeutet. Wissen Sie, verehren Sie die Flinte mir!«

»Nein, ausgeschlossen! Haben Sie 'ne Ahnung, was die Flinte wert ist! Solche Flinten gibt es heute nirgends mehr. Ich hab sie einem Türken abgekauft, als ich zur Landwehr wollte. Und auf einmal soll ich sie verschenken? Ausgeschlossen! Wo sie mir doch unentbehrlich ist!«

»Ja, wozu denn unentbehrlich?«

»Ach, was heißt: wozu? Und wenn mich nun in meinem Hause Räuber überfallen …? Was? Nicht unentbehrlich soll sie sein? Na, Gott sei Dank! Jetzt hab ich meinen ruhigen Schlaf und fürchte mich vor keinem. Und warum? Nur weil ich weiß, daß in der Kammer meine Flinte steht.«

»'ne feine Flinte! Ach, Iwan Nikiforowitsch, wo doch das Schloß von dem Gewehr total verdorben ist …!«

»Wie? Was? Was ist verdorben? Na, dann repariert man es. Man braucht es bloß mit Hanföl einzufetten, daß es nicht verrostet.«

»Ihre Worte, teuerster Iwan Nikiforowitsch, klingen mir nicht eben freundschaftlich. Sie wollen überhaupt nichts tun, um mir ein Zeichen Ihrer Zuneigung zu geben.«

»Was? Wie können Sie behaupten, daß ich Ihnen niemals meine Zuneigung bewiese? Schämen Sie sich nicht? Wo Ihre Ochsen doch auf meinem Grasland weiden, ohne daß ich sie ein einziges Mal beschlagnahmt hätte. Und wenn Sie nach Poltawa fahren, bitten Sie sich immer meinen Wagen aus. Und, sagen Sie doch selbst, hab ich es Ihnen jemals abgeschlagen? – Ihre Kinder klettern über den Zaun in meinen Hof und spielen hier mit meinen Hunden, und ich sag kein Wort – sollen sie ruhig spielen, wenn sie nur nichts anrühren! Sollen sie ruhig spielen!«

»Also, da Sie mir die Flinte nicht verehren wollen ... meinetwegen, machen wir ein Tauschgeschäft!«

»Was bieten Sie mir denn dafür?« fragte Iwan Nikiforowitsch, richtete sich auf und sah Iwan Iwanowitsch an.

»Ich gebe Ihnen die schwarzbraune Sau, Sie wissen schon, die ich gemästet habe! Passen Sie mal auf, was die Ihnen im nächsten Jahr für Ferkel bringt!«

»Nein, ich begreif es einfach nicht, Iwan Iwanowitsch, wie Sie so etwas überhaupt aussprechen mögen! Was soll ich denn mit Ihrer Sau? Dem Teufel wohl ein Seelenessen davon geben?«

»Schon wieder! Ja, ohne Teufel kommen Sie nicht aus! Mein Gott, wie können Sie sich so versündigen, Iwan Nikiforowitsch, so versündigen!«

»Wenn Sie mir für die Flinte weiß der Teufel was für einen Dreck anbieten: eine Sau, Iwan Iwanowitsch!«

»Warum ist eine Sau denn weiß der Teufel was für ein Dreck, Iwan Nikiforowitsch?«

»Warum? Ja, denken Sie doch selbst ein bißchen darüber nach! Bei einer Flinte weiß man, was man daran hat; aber ein Schwein, da soll der Teufel sagen, was das ist! – Wenn dieser Vorschlag nicht von Ihnen käme, müßt ich ihn gradezu beleidigend finden.«

»Was soll denn an einer Sau so Schlimmes sein?«

»Ja, aber wirklich! Wofür halten Sie mich denn? Ich sollte eine Sau ...«

»Bleiben Sie sitzen, bleiben Sie nur sitzen! Oh, ich will sie gar nicht mehr! Mag Ihre Flinte in der Ecke dort bei Ihnen in der Kammer denn verfaulen und verrosten – ich verlier kein Wort mehr über sie!«
Nun folgte eine Pause.

»Man erzählt«, begann darauf Iwan Iwanowitsch, »drei Könige hätten unserm Zaren neuerdings den Krieg erklärt.«

»Ja, Pjotr Fjodorowitsch hat es mir mitgeteilt. Was ist das für ein Krieg, und worum dreht er sich?«

»Mit Sicherheit läßt es sich gar nicht sagen, worum er sich dreht, Iwan Nikiforowitsch. Ich nehme an, die fremden Könige verlangen, daß wir allesamt zum Türkenglauben übertreten sollen.«

»Sieh mal an, was diese Narren alles möchten!« murmelte Iwan Nikiforowitsch und sah auf.

»Ja, sehn Sie, eben darum hat ihnen unser Zar den Krieg erklärt. ›Nein‹, sagt er, ›nehmt ihr selber lieber unsern Christenglauben an!‹«

»Meinen Sie nicht? Wir werden sie besiegen, was, Iwan Iwanowitsch?«

»Ja, wir besiegen sie. – Wie ist's, Iwan Nikiforowitsch, wird nichts aus unserm Tauschgeschäft?«

»Eins wundert mich, Iwan Iwanowitsch: Sie sind, denk ich, ein Mann von stadtbekannter Bildung und Gelehrsamkeit und reden wie ein grüner Junge. Glauben Sie, ich bin ein solcher Narr ...?«

»Bleiben Sie sitzen, bleiben Sie nur sitzen! Lassen wir's! Verrecken soll das Schießgewehr! Nicht eine Silbe sag ich mehr davon.«

Jetzt wurden die Erfrischungen gebracht. Iwan Iwanowitsch trank einen Schnaps und nahm als Imbiß eine Maultasche mit saurer Sahne.

»Hören Sie, Iwan Nikiforowitsch: ich biete Ihnen außer meiner Sau noch zwei Sack Hafer an. Sie haben ja keinen gesät und müßten sowieso in diesem Jahre Hafer kaufen.«

»Iwan Iwanowitsch, bei Gott, mit Ihnen sollte man bloß sprechen, wenn man sich den Bauch vorher mit Erbsen vollgeschlagen hat.«

(Dies ist gar nichts, und Iwan Nikiforowitsch konnte noch ganz andere

Sprüchlein von sich geben.) »Hat man schon gehört, daß einer eine Flinte für zwei Sack Hafer eingetauscht hat? Eins weiß ich genau: Ihre Pekesche bieten Sie mir schon nicht an!«

»Iwan Nikiforowitsch, Sie vergessen ja, daß Sie auch noch die Sau bekommen sollen.«

»Was, zwei Sack Hafer und die Sau für meine Flinte?«

»Ja, und …? Scheint Ihnen das zu wenig?«

»Für die Flinte?«

»Für die Flinte, allerdings!«

»Zwei Säcke für die Flinte?«

»Doch nicht leere Säcke. Es ist Hafer darin. Und auch die Sau vergessen Sie, nicht wahr?«

»Küssen Sie Ihre Sau doch ab, und wenn sie Ihnen nicht genügt, den Teufel selbst dazu!«

»Oh, oh, mit Ihnen muß man sich bloß einlassen! Sie werden sehn: einst in jener andern Welt werden die Teufel Ihre Zunge für die gotteslästerlichen Worte mit glühheißen Nadeln spicken. Wenn man sich mit Ihnen unterhalten hat, dann muß man sich Gesicht und Hände waschen und sich noch dazu beräuchern lassen!«

»Bitte sehr, Iwan Iwanowitsch: so eine Flinte ist ein nobler Gegenstand, eine höchst interessante Unterhaltung und ein angenehmer Zimmerschmuck!«

»Iwan Nikiforowitsch, Sie vollführen ein Getue mit Ihrer Flinte wie der Narr mit dem gemalten Futtersack«, sagte Iwan Iwanowitsch erbost, weil er in der Tat anfing, sich zu ärgern.

»Ja, und Sie, Iwan Iwanowitsch, sind mir der richtige *Gänserich!*«

Oh, wenn Iwan Nikiforowitsch nur nicht *dieses* Wort gesagt hätte, dann hätten sich die beiden nach dem Streit wie stets als gute Freunde voneinander trennen können – jetzt aber geschah etwas ganz andres. Iwan Iwanowitsch brauste auf.

»Was haben Sie gesagt, Iwan Nikiforowitsch?« fragte er mit lauter Stimme.

»Daß Sie mir vorkommen wie ein Gänserich, Iwan Iwanowitsch!«

»Wie können Sie es wagen, Herr, jeglichen Anstand und die Achtung vor dem Rang und Namen eines Mannes zu vergessen und ihn durch solch eine ehrenrührige Bezichtigung zu kränken?«

»Was soll da ehrenrührig sein? Und weshalb fuchteln Sie denn eigentlich so mit den Händen, Iwan Iwanowitsch?«

»Ich frage nochmals, wie Sie es nur wagen können, jeglichem Begriff von Anstand ins Gesicht zu schlagen und mich einen Gänserich zu nennen?«

»Ich spuck darauf, Iwan Iwanowitsch! Was schnattern Sie denn so?« Iwan Iwanowitschs Selbstbeherrschung war zu Ende – seine Lippen zitterten; sein Mund glich nicht mehr wie gewöhnlich einem V, nein, sondern einem O; er blinzelte mit den Augen, daß man Angst bekam. Das nahm man an Iwan Iwanowitsch äußerst selten wahr; da mußte er schon ganz besonders wütend sein.

»Dann teil ich Ihnen also hierdurch mit«, sagte Iwan Iwanowitsch, »daß ich Sie künftig nicht mehr kenne.«

»Großes Unglück!« rief Iwan Nikiforowitsch. »Lieber Gott, das wird mich keine Träne kosten!«

Doch er log, er log, bei Gott, er log! Denn der Gedanke war ihm furchtbar ärgerlich.

»Mein Fuß wird dieses Haus nicht mehr betreten!«

»Hähähä!« sagte Iwan Nikiforowitsch, der vor Zorn nicht wußte, was er tat, und sprang gegen seine sonstige Gewohnheit auf. »He, Alte! Heda, Bursche!« Auf diesen Ruf erschienen in der Tür das uns bereits bekannte dürre alte Weib sowie ein kleiner Junge, der in einen langen und sehr weiten Rock gehüllt war. »Nehmt Iwan Iwanowitsch am Arm und zeigt ihm, wo der Zimmermann das Loch gelassen hat!«

»Was? Mir als Edelmann …!« rief nun Iwan Iwanowitsch im Gefühl gekränkter Würde. »Wagt es nur! Kommt an! Ich tilge euch vom Erdboden samt eurem dummen Herrn! Kein Rabe soll mehr einen Fetzen von euch finden!« (Iwan Iwanowitsch konnte ungeheuer starke Worte sagen, wenn sein Herz erschüttert war.)

Die ganze Gruppe bot ein urgewaltiges Bild. Iwan Nikiforowitsch, der in seiner ganzen Schönheit, ohne jegliche Bemäntelung, mitten im

Zimmer stand! Die Alte mit weit aufgerissenem Munde und entgeistertem und furchtversteinertem Gesicht! Iwan Iwanowitsch mit hochgehobner rechter Hand, wie man die römischen Tribunen malt! Dies war ein seltner Anblick, ein Schauspiel von großartiger Pracht! Und hatte doch nur einen einzigen Zuschauer, den kleinen Jungen, der in seinem unermeßlich großen Rock dastand und gemächlich in der Nase bohrte. Endlich nahm Iwan Iwanowitsch seine Mütze.

»Fein benehmen Sie sich, wirklich fein. Iwan Nikiforowitsch! Das vergeß ich Ihnen nicht!«

»Marsch hinaus, Iwan Iwanowitsch, hinaus! Und sehn Sie zu, daß Sie mir ja nicht in die Quere kommen, sonst, Iwan Iwanowitsch, hau ich Ihnen in die Fresse, daß es reicht!«

»Darauf gibt's nur die eine Antwort, Iwan Nikiforowitsch!« sagte Iwan Iwanowitsch, bohrte ihm einen Esel und schlug die Tür hinter sich ins Schloß. Die aber knarrte mit Gekreisch und wurde wieder aufgerissen. Iwan Nikiforowitsch erschien in ihr und wollte seinem Gegner noch was draufgeben, Iwan Iwanowitsch aber sah sich nicht mehr um und sauste buchstäblich zum Tor hinaus.

3.

Das dritte Kapitel, in dem berichtet wird, was nach dem Streit zwischen Iwan Iwanowitsch und Iwan Nikiforowitsch geschah

So verzankten sich die beiden angesehenen Männer, Mirgorods Zier und Ehre, miteinander. Und weswegen? Um einer richtigen Lappalie willen: wegen eines Gänserichs! Sie wollten sich von Stund an nicht mehr sehen und brachen jegliche Verbindung ab und waren früher doch als unzertrennlich in der ganzen Stadt bekannt gewesen. Täglich hatten sie sich gegenseitig irgend jemand auf den Hof geschickt, um nachzufragen, wie es dem Herrn Nachbarn gehe, und hatten sich persönlich vom Balkon aus unterhalten und dabei so liebenswürdige Worte ausgetauscht, daß es wahrhaftig eine Lust war, zuzuhören. Sonntags aber gingen sie, Iwan Iwanowitsch in seiner prächtigen Pekesche und Iwan Nikiforowitsch in dem gelbbraunen Kosakenrock aus Nanking, Arm in Arm zusammen in die Kirche. Und wenn dann Iwan Iwanowitsch, der äußerst scharfe Augen hatte, vor dem andern eine Pfütze oder irgendeinen Unflat mitten auf der Straße sah, was ja in Mirgorod zuweilen vorkommt, dann sagte er sofort zu seinem Freund Iwan Nikiforowitsch: »Vorsicht, treten Sie da nicht hinein, das ist nicht recht geheuer!«

Iwan Nikiforowitsch für sein Teil zeigte sich gleichfalls rührend freundschaftlich, und wo er ging und stand, hielt er Iwan Iwanowitsch seine Dose hin und murmelte: »Bedienen Sie sich doch!«

Und was beide für famose Wirte waren! Und zwei solche Freunde konnten ... Als ich das erfuhr, stand ich wie vom Donner gerührt. Lange wollte ich es überhaupt nicht glauben. Gerechter Gott! Iwan Iwanowitsch und Iwan Nikiforowitsch hatten sich verzankt! Die beiden würdigen Männer! Worauf soll man sich da unter dieser Sonne noch verlassen können?

Als Iwan Iwanowitsch heimgekommen war, blieb er noch eine Weile äußerst aufgeregt. Sonst ging er wohl um diese Zeit in seinen

Pferdestall, um sich zu überzeugen, ob die junge Stute richtig fraß (Iwan Iwanowitsch hatte eine junge braune Stute, ein famoses kleines Pferd mit einer Blesse auf der Stirn); auch fütterte er wohl die Puten und die Ferkel mit höchsteigner Hand und ging dann wohl in die Stube, um entweder irgendwas an Holzgeschirr zurechtzubasteln (denn darauf verstand er sich wie ein gelernter Drechsler) oder auch in einem Buch zu lesen, das bei Lubius, Garius & Popow erschienen war (den Titel wußte er nicht mehr, weil schon vor längerer Zeit die Magd das obere Stück des Titelblattes abgerissen und es einem Kind zum Spielen hingeworfen hatte); oder er streckte sich wohl unter seinem Vordach aus. Doch heute tat er nichts von alledem, was er sonst um diese Zeit zu tun pflegte. Statt dessen schalt er Gapka, die ihm in den Weg lief, aus und warf ihr vor, sie treibe sich faul herum, indessen sie doch Grütze in die Küche trug; und nach dem Hahn, der an die Anfahrt kam, dort sein gewohntes Futter zu empfangen, warf er mit einem Stock; und als ein schmutziger kleiner Junge in zerrissenem Hemdchen auf ihn zugelaufen kam und quarrte: »Vati, Vati! Ich möchte Pfeffer-kuchen!«, drohte er ihm so erbost und stampfte er so entsetzlich mit dem Fuß, daß das erschrockne Kind Gott weiß wohin entfloh. Endlich aber besann er sich doch auf sich selbst und ging seinem gewohnten Tagewerk nach. Die gute Rote-Rüben-Suppe mit Täubchen darin, die Gapka ihm gekocht hatte, verscheuchte gänzlich die Erinnerung an die Ereignisse von heute früh. Iwan Iwanowitsch musterte seine Wirt-schaft wieder mit Genuß. Und schließlich hefteten sich seine Augen auf den Nachbarhof, und er sprach zu sich selbst: ›Ich war ja heute noch nicht bei Iwan Nikiforowitsch; ich will doch mal hinübergehn.‹ Sprach's, nahm Stock und Mütze und begab sich auf die Straße; kaum jedoch war er zum Tor hinaus, als ihm der Streit mit seinem Nachbarn ins Gedächtnis kam; er spuckte wütend aus und kehrte um. Beinah das gleiche spielte sich auch drüben bei Iwan Nikiforowitsch ab. Iwan Iwanowitsch sah das alte Weib schon drauf und dran, über den Zaun zu steigen, als mit einmal Iwan Nikiforowitschs Stimme rief: »Bleib da! Bleib da! Laß sein!« Iwan Iwanowitsch aber wurde recht betrübt. Und es mag sein, daß diese beiden würdigen Männer sich am nächsten

Tag versöhnt hätten, wenn in Iwan Nikiforowitschs Hause nicht etwas geschehen wäre, was die Hoffnung hierauf schlechterdings vernichtete und neues Öl in das fast schon erstorbne Feuer dieser Feindschaft goß. Am gleichen Abend kam nämlich Agafija Fedossejewna bei Iwan Nikiforowitsch zu Besuch. Agafija Fedossejewna war mit diesem weder verschwägert noch verwandt, nicht einmal seine Gevatterin durfte sie sich nennen. Also hatte sie in seinem Hause eigentlich gar nichts verloren, und er selber freute sich durchaus nicht, wenn sie kam; sie aber kam trotzdem recht oft und blieb gleich ganze Wochen, manchmal auch noch länger da. Hinzu kam, daß sie dann die Schlüssel an sich nahm und sich der Leitung seines Hauswesens bemächtigte. Dies war Iwan Nikiforowitsch gar nicht angenehm, seltsamerweise aber folgte er ihr wie ein Kind, und wenn er jemals Streit mit ihr versuchte, so gewann Agafija doch sehr bald die Oberhand.

Ich muß gestehen, ich begreife nicht, warum es sein muß, daß die Frauen uns so einfach an der Nase packen, wie man eine Teekanne am Henkel faßt. Ob ihre Hände schon mal so gebaut sind oder unsere Nasen zu nichts anderm taugen? Kurz, obschon Iwan Nikiforowitschs Nase einer Pflaume ziemlich ähnlich sah, hielt ihn Agafija sicher daran fest und führte ihn auf diese Art wie einen Hund hinter sich her. Wenn sie im Hause war, veränderte er unwillkürlich sogar seine sonstige Lebensweise: lag nicht ganz so lange wie gewöhnlich in der Sonne, und wenn er es tat, doch wenigstens nicht nackt, sondern zog sich dazu Hemd und Hose an, obschon Agafija das gar nicht von ihm verlangte. Sie war frei von Prüderie und hatte einmal, als Iwan Nikiforowitsch am Fieber litt, ihn eigenhändig von den Füßen bis zum Kopf mit Terpentin und Essig eingerieben. Agafija trug ein Häubchen auf dem Kopf, drei Warzen auf der Nase und ein kaffeebraunes, gelbgeblümtes Morgenkleid am Leib. Ihre Gestalt glich einem Faß, und darum war es ebenso schwierig, ihre Taille zu entdecken, wie die eigne Nase ohne Spiegel zu betrachten. Ihre Beine waren kurz und so gebaut wie ein paar Kissen. Klatschgeschichten und zum ersten Frühstück rote Rüben waren ihre Leidenschaft, und schimpfen konnte sie bemerkenswert; aber bei allen diesen mannigfaltigen Beschäftigungen blieb der Ausdruck ihrer Züge sich stets gleich – eine Erscheinung, die man nur bei Frauen finden kann.

Kaum war sie da, als alles schon verkehrt zu gehen anfing. »Nein, ich sag dir eins, Iwan Nikiforowitsch, du versöhnst dich nicht mit ihm und bittest ihn nicht um Entschuldigung; er will dich schlechterdings zugrunde richten; so ist dieser Mensch! Du kennst ihn bloß noch nicht.« So blies und blies sie ihm ins Ohr, das gottverfluchte Weib, und brachte es so weit, daß schließlich Iwan Nikiforowitsch überhaupt nichts mehr von Iwan Iwanowitsch hören wollte. Und so wurde alles anders, als es sonst gewesen war. Sobald ein Hund des Nachbarn auf den andern Hof gelaufen kam, wurde er mit dem ersten besten Gegenstand verprügelt, den man grade fand; und stieg einmal ein Kind über den Zaun, so kam es heulend wieder, hob das Hemdchen hoch und ließ die Rutenstriemen sehen, die es auf dem Rücken trug. Sogar das alte Weib vollführte, als Iwan Iwanowitsch es nach irgend etwas fragen wollte, eine solche Unanständigkeit, daß sich Iwan Iwanowitsch, als Mann von großem Zartgefühl, damit begnügte, auszuspucken und zu sagen: »So ein ekelhaftes Weibsbild! Noch viel schlechter als ihr Herr!«

Und endlich ließ dann der verhaßte Nachbar, all diesen Kränkungen die Krone aufzusetzen, ihm grade vor der Nase, eben dort, wo man sonst immer über den Zaun zu steigen pflegte, einen Gänsestall erbauen, wie wenn er es eigens darauf abgesehen hätte, die Beleidigung zu verdoppeln. Und zwar wurde dieser für Iwan Iwanowitsch so widerwärtige Bau mit teuflischer Geschwindigkeit an einem einzigen Tag errichtet.

Dies erregte in Iwan Iwanowitsch Empörung und den Drang nach Rache. Doch er zeigte nichts von seinem Zorn, obschon der Stall zum Teil sogar auf seinen eignen Grund und Boden übergriff; aber das Herz schlug ihm so heftig, daß es ihm nicht leichtfiel, diese äußere Ruhe zu bewahren.

So verbrachte er den Tag. Es kam die Nacht … Oh, daß ich doch ein Maler wäre und den ganzen Zauber dieser Nacht recht packend wiedergeben könnte! Welches Bild: ganz Mirgorod schläft, und reglos blicken Sterne ohne Zahl herab; Hundegebell erklingt von fern und nah und unterbricht die Stille; ein verliebter Küster scheut die Hunde nicht und steigt als Ritter ohne Furcht und Tadel über einen Zaun; die weißen Hüttenwände werden in dem Mondschein weißer und die Bäume, die sie beschatten, dunkler; schwärzere Schatten fallen von den Bäumen, schwüler weht der Duft der Blumen und der stillen Wiesen; und die Heimchen, nimmermüde Ritter der Mittsommernacht, vereinen ihre schrillen Stimmen zu inbrünstigem Gesang. Oh, malen wollte ich auf ihrem Bett in einer von den niedern Lehmhütten die schwarzlockige Maid, die mit erregter junger Brust vom Schnurrbart und von den Sporen eines schneidigen Husaren träumt, indes der Mondenglanz auf ihren Wangen spielt. Ja, malen wollte ich die Fledermaus, die um die weißen Schornsteine der Hütten fliegt, indes ihr schwarzer Schatten flüchtig über die hellen Wege streift. Doch schwerlich könnte ich Iwan Iwanowitsch malen, wie er mit der Säge in der Hand in diese Nacht heraustrit – gar zu mannigfaltig waren die Gefühle, die auf seinen Zügen wechselten. Und leise, leise pirschte er sich an und kroch unter den Gänsestall. Iwan Nikiforowitschs Hunde wußten noch nichts von dem Streit zwischen den beiden Nachbarn und erlaubten ihm als altem Freunde, sich dem Stall zu nähern, der auf vier soliden Eichenpfosten ruhte. An dem nächstgelegenen Pfosten setzte er die Säge an und begann zu sägen. Das Geräusch, das seine Säge machte, zwang ihn alle Augenblicke, ängstlich in die Nacht zu spähen, aber der Gedanke an die Kränkung, die ihm widerfahren war, verlieh ihm neuen Mut. Der erste Pfosten war schon durchgesägt; Iwan Iwanowitsch fing mit dem zweiten an. Die Augen brannten ihm und sahen nichts vor Angst. Auf einmal schrie Iwan Iwanowitsch auf und wurde beinah ohnmächtig: er hatte einen Geist gesehn! Bald aber kam er wieder zu sich und erkannte, daß es eine Gans war, die den Hals zu ihm heruntersteckte. Ärgerlich spuckte Iwan Iwanowitsch aus und fuhr in seiner Arbeit fort. Nun war der zweite Pfosten durchgesägt – der Bau kam schon ins Wanken.

So entsetzlich schlug Iwan Iwanowitsch das Herz, als er sich an den dritten machte, daß er seine Arbeit mehrmals unterbrechen mußte. Und kaum war der Pfosten gut zur Hälfte durchgesägt, als plötzlich der nicht sehr solide Bau gewaltig wackelte. Iwan Iwanowitsch hatte kaum noch Zeit, sich aus dem Staube zu machen, da brach auch schon der Stall mit einem Krach in sich zusammen. Er ergriff die Säge, lief in fürchterlichem Schrecken ins Haus und warf sich auf sein Bett. Er hatte nicht einmal den Mut, durchs Fenster nach den Folgen seiner schauderhaften Tat zu schauen. Und ihm war, als ob sich seines Nachbarn ganzer Hausstand dort zusammenrotte und als ob das alte Weib, Iwan Nikiforowitsch und der Junge in dem endlos langen Rock, jeder mit einer Keule in der Hand, unter der Führung von Agafija Fedossejewna angezogen kämen, sein Haus in Schutt und Trümmer zu verwandeln.

Auch den ganzen nächsten Tag brachte Iwan Iwanowitsch wie im Fieber zu. Er hatte immer das Gefühl, daß sein verhaßter Nachbar ihm als Rache und Vergeltung mindestens das Haus anzünden müsse; deshalb gab er Gapka immer wieder den Befehl, beinah minütlich nachzusehen, ob nicht an verdächtigen Stellen trockenes Stroh herumläge. Endlich faßte er, um so Iwan Nikiforowitsch zuvorzukommen, den Entschluß, wie jener Hase als der erste loszurennen und beim Mirgoroder Kreisgericht eine Strafanzeige gegen seinen Nachbarn einzureichen. Worin aber die bestand, wird der geneigte Leser aus dem folgenden Kapitel ersehn.

4.

Das vierte Kapitel, in dem berichtet wird, was in der Amtsstube des Mirgoroder Kreisgerichts geschah

Eine wunderbare Stadt ist Mirgorod! Was es für Häuser darin gibt! Mit Strohdächern, mit Schilfdächern, sogar mit Schindeldächern. Eine Straße rechts und eine Straße links und überall ein schöner Flechtwerkzaun; der ist mit Hopfen überwachsen und mit Kochtöpfen behängt, und hinter ihm erhebt die Sonnenblume stolz ihr sonnenförmiges Haupt, glänzt rot der Mohn und schimmern dicke Kürbisse … Die wahre Pracht! Der Zaun ist stets mit Dingen ausgeschmückt, die ihn noch malerischer machen – hier mit einem ausgespannten Weiberrock, dort mit einem Hemde oder einer Männerhose. Mirgorod hat keine Diebe und Halunken, darum hängt hier jeder auf den Zaun, was ihm just einfällt. Und wenn ihr mit auf den Marktplatz kommt, dann werdet ihr ganz sicher eine Weile haltmachen, um euch an seinem Anblick zu ergötzen; denn dort gibt es eine Pfütze, eine ganz bemerkenswerte Pfütze! Sicherlich die einzige dieser Art, die ihr bisher gesehen habt! Sie nimmt beinah den ganzen Marktplatz ein. Eine wahrhaftig wunderschöne Pfütze! All die Häuser und die Hütten, die den Platz umgeben und die man von fern mit Heuschobern verwechseln kann, sind stumm vor Staunen ob der Schönheit dieser Pfütze.

Ich aber bin der Überzeugung, daß es überhaupt kein schöneres Haus gibt als das Kreisgericht. Ob es aus Eichen- oder Birkenholz gebaut ist, kümmert mich nicht viel, aber ich bitte zu beachten, meine Herren, es hat, wohlgezählt, acht Fenster! Jawohl: acht Stück in einer Front, gerade auf den Platz hinaus und auf die Wasserfläche, die ich schon erwähnte und die vom Herrn Polizeimeister als See bezeichnet wird! Und nur das Kreisgerichtshaus ist granitfarbig gestrichen; alle anderen Häuser in ganz Mirgorod sind schlicht geweißt. Das Dach ist durchweg aus Schindeln, und es wäre sogar rot gestrichen, wenn nicht die Kanzlisten das zu diesem Zweck bereits gekaufte Öl mit Zwiebeln angerichtet und verspeist hätten; denn es war grade Fastenzeit. Und dadurch kam es, daß das Dach nicht angestrichen wurde. Auf den Platz hinaus führt eine Freitreppe, auf der man häufig Hühner trippeln sehen kann, weil dort gewöhnlich Grütze oder sonst was Eßbares herumliegt. Übrigens wird das nicht etwa eigens und mit Absicht hingestreut, sondern die Rechtsschutzsuchenden verlieren hier nur etwas von dem Mitgebrachten. Das Gerichtsgebäude teilt sich in zwei Hälften: in der einen befindet sich das Amts- und in der andern das Haftlokal. Das Amtslokal zerfällt in zwei geweißte, saubre Zimmer, deren vorderes der Warteraum für die Parteien ist; im andern Zimmer steht ein tintenkleksverzierter Tisch mit dem Gerichtsspiegel darauf; dann gibt es noch vier hochlehnige Eichenstühle und rings an den Wänden eisenbeschlagne Truhen, um die Aktenbündel voll Provinzgezänk für künftige Geschlechter aufzuheben. Eine dieser Truhen trug eben damals einen frisch gewichsten Stiefel auf dem Deckel.

Die Sitzung hatte schon in aller Frühe angefangen. Der Richter, ein recht korpulenter Mann, wenn auch ein bißchen schlanker als Iwan Nikiforowitsch, saß mit freundlichem Gesicht in seinem fettfleckigen Schlafrock da, trank Tee und rauchte Pfeife und plauderte mit seinem Beisitzer. Des Richters Lippen saßen dicht unter der Nase, also daß die Nase seine Oberlippe sehr bequem nach Herzenslust beschnuppern konnte. Diese Lippe diente ihm als Tabakdose, weil der ja eigentlich der Nase zugedachte Tabak meistens auf sie niederfiel. Also der Richter plauderte mit seinem Beisitzer. Im Hintergrund hielt ein barfüßiges Mädchen ein Tablett mit Tassen. An der einen Schmalseite des Tisches las der Sekretär ein Urteil mit so eintöniger Klageweiberstimme vor, daß sogar der Verurteilte wohl eingeschlafen wäre, wenn er zugehört hätte. Der Richter aber hätte das bestimmt erst recht getan, wenn er nicht mittlerweile in ein fesselndes Gespräch hineingeraten wäre.

»Ich habe mich bemüht, herauszukriegen«, sagte der Richter und schlürfte dazu den schon abgekühlten Tee aus seiner Tasse, »wie man sie am besten dazu bringt, recht schön zu singen, ja. Ich hatte vor zwei Jahren eine ganz famose Drossel. Na, und dann? Auf einmal taugte sie nichts mehr und fing der liebe Gott weiß wie zu singen an; von

Tag zu Tage schlechter; ein Gekrächze und Geschnarr – ganz einfach, um sie wegzuschmeißen! Und dabei lag das an einem Dreck! Der ganze Grund ist der: es bildet sich hier an der Kehle eine Beule, kleiner noch als eine kleine Erbse. Diese kleine Beule muß man bloß mit einer Nadel aufstechen. Anton Prokofjewitsch hat mir das beigebracht, und wenn Sie wünschen, will ich Ihnen gern erzählen, wie das war. Ich komm also zu ihm ...«

»Entschuldigen, Herr Richter, soll ich jetzt das nächste lesen?« fiel ihm der Sekretär ins Wort, der seine Verlesung bereits einige Zeit beendet hatte.

»Was, sind Sie schon fertig? Denken Sie mal an: wie schnell! Ich hab kein Wort gehört! Wo ist es denn? Geben Sie her, daß ich es unterschreibe! Was ist dann noch da?«

»Die Sache des Kosaken Bokitka wegen der gestohlnen Kuh.«

»Schön, lesen Sie! – Ich komm also zu ihm ... Ich kann Ihnen sogar genau erzählen, was er mir an guten Dingen vorgesetzt hat. Erst zum Schnaps gab es gedörrten Stör, ich sag Ihnen, einzigartig! Nicht von dieser Sorte Stör«, (hier schnalzte der Herr Richter mit der Zunge und lächelte, indessen seine Nase an der stets bereiten Tabakdose schnupperte) »nicht von dieser Sorte Stör, die unser Mirgoroder Kolonialwarengeschäft uns aufhängt. Hering hab ich nicht genommen, denn Sie wissen ja, daß ich von Hering immer Sodbrennen in der Herzgrube bekomme; dafür hab ich den Kaviar probiert – ein wunderbarer Kaviar, nichts zu sagen, delikat! Dann hab ich einen Pfirsichschnaps getrunken, angesetzt auf Tausendgüldenkraut. Auch Safranschnaps war da; aber Sie wissen ja, ich trinke keinen Safranschnaps. Er ist ja, wissen Sie, ganz gut: am Anfang, sozusagen, um den Appetit zu reizen, und dann wieder zum Beschluß ...! – Ah, was hört mein Ohr, was sieht mein Auge!« schrie der Richter plötzlich auf; er sah Iwan Iwanowitsch in die Stube treten.

»Gott schütze Sie! Ich wünsche Ihnen einen guten Tag!« sagte Iwan Iwanowitsch und verbeugte sich mit der ihm angebornen Liebenswürdigkeit nach allen Seiten. Lieber Gott, wie gut er es verstand, die ganze Welt durch seine Umgangsformen zu bezaubern! Solche Feinheit hab ich nirgends mehr gesehn. Er war sich seiner Würde sehr bewußt, und darum nahm er die Verehrung seiner Mitmenschen wie einen Tribut an, den ihm jeder schuldete. Der Richter selber brachte Iwan Iwanowitsch einen Stuhl, und seine Nase schnaufte allen Tabak von der Oberlippe ein, was bei ihm stets ein Zeichen ganz besondrer Vergnügtheit war.

»Womit gestatten Sie mir, Ihnen aufzuwarten, Iwan Iwanowitsch?« erkundigte er sich. »Vielleicht befehlen Sie ein Täßchen Tee?«

»Nein, danke sehr, für alles überhaupt«, erwiderte Iwan Iwanowitsch, verbeugte sich und nahm Platz.

»Ach, tun Sie mir die Liebe, nur ein Täßchen!« bat der Richter noch einmal.

»Nein, danke sehr. Ich nehme Ihre Gastfreundschaft mit wärmster Anerkennung für genossen an«, antwortete Iwan Iwanowitsch, verbeugte sich und nahm von neuem Platz.

»Nur eine Tasse!« fing der Richter wieder an.

»Nein, nein, bemühen Sie sich nicht, Herr Richter.«

Abermals verbeugte sich Iwan Iwanowitsch und nahm von neuem Platz.

»Ein Täßchen?«

»Wenn es sein muß – gut: ein Täßchen!« Und Iwan Iwanowitsch streckte seine Rechte nach dem Teebrett aus.

Herr du mein Gott! Welch eine Überfülle an gesellschaftlicher Feinheit hat doch mancher Mensch! Es läßt sich gar nicht schildern, welchen angenehmen Eindruck ein derart vollendetes Benehmen macht!

»Belieben Sie nicht noch ein Täßchen?«

»Danke ganz ergebenst«, antwortete Iwan Iwanowitsch, stellte seine Tasse umgekehrt wieder auf das Teebrett und verbeugte sich.

»Seien Sie so lieb, Iwan Iwanowitsch!«

»Ich kann nicht; danke sehr.« Iwan Iwanowitsch verbeugte sich und nahm von neuem Platz.

»Iwan Iwanowitsch, tun Sie mir doch die Freundschaft an: ein Täßchen!«

»Nein, ich danke, ich bin Ihnen für Ihr gastfreundliches Anerbieten auf das äußerste verpflichtet!« sagte Iwan Iwanowitsch, verbeugte sich und nahm wieder Platz.

»Ein Täßchen, nur ein einziges Täßchen!«

Iwan Iwanowitsch streckte seine Rechte nach dem Teebrett aus und griff nach einer Tasse.

Alle Hagel! Daß es einen Menschen gibt, der seine Würde so zu wahren weiß!

»Herr Richter«, fing Iwan Iwanowitsch an, als er den letzten Schluck hinunter hatte, »ich bin in einer wichtigen Sache hier: ich möchte Ihnen einen Strafantrag einreichen.« Und Iwan Iwanowitsch stellte seine Tasse weg und zog aus seiner Tasche einen engbeschriebnen Stempelbogen. »Einen Strafantrag gegen meinen Feind, ich darf wohl sagen, meinen Todfeind.«

»Und wer ist denn das?«

»Iwan Nikiforowitsch Dowgotschchun.«

Bei diesen Worten fiel der Richter fast vom Stuhl.

»Was sagen Sie?« rief er und schlug die Hände über dem Kopf zusammen. »Oh, Iwan Iwanowitsch, sind Sie es überhaupt?«

»Sie sehn ja selbst, daß ich es bin.«

»Herrgott und alle Heiligen! Was, Sie, Iwan Iwanowitsch, Sie sind Iwan Nikiforowitschs Feind geworden? Ist es denn Ihr Mund, der so was sagt? Nein, sagen Sie das noch einmal, damit ich mich überzeuge, ob sich keiner hinter Ihnen hingeduckt hat und an Ihrer Stelle spricht!«

»Was ist daran so unwahrscheinlich? Ich will den Menschen nicht mehr sehn: er hat mir eine tödliche Beleidigung zugefügt und mich in meiner Ehre schwer verletzt.«

»O heilige Dreieinigkeit! Was soll ich jetzt zu meiner guten Mutter sagen? Jeden Tag sagt unsere alte Dame, wenn ich mich mit meiner Schwester zanke: ›Kinderchen, ihr lebt wie Hund und Katze miteinander. Nehmt euch doch ein Beispiel an Iwan Iwanowitsch und Iwan Nikiforowitsch! Wenn schon Freunde, dann schon Freunde! Ja, das nenne ich noch Freunde! Das sind würdige Ehrenmänner!‹ Na, da

haben wir denn jetzt die Freunde! Ach, erzählen Sie doch, was geschehen ist und wie das kommt!«

»Herr Richter, diese Sache ist von delikatester Natur! Mit Worten
kann man das nicht gut erzählen. Lassen Sie doch lieber meinen
Strafantrag verlesen – fassen Sie ihn bitte hier an diesem Ende an –,
das ist wohl passender.«

»Ja, lesen Sie ihn vor, Herr Sekretär!« befahl der Richter.

Und der Sekretär ergriff den Strafantrag und schneuzte sich auf die
Art, wie sich Sekretäre bei derartigen Gerichten überhaupt zu schneuzen
pflegen: mit zwei Fingern, und begann zu lesen:

»›Strafantrag des im Mirgoroder Kreis begüterten Edelmanns Iwan
Iwans Sohn Pererepenko; worüber Näheres in untenstehenden Punkten
folgt:

I. Der jedermann durch seine gottlosen, den Ekel aller Welt erregen-
den und alles Maß verletzenden gesetzwidrigen Handlungen bekannte
Edelmann Iwan Nikifors Sohn Dowgotschchun hat mir am 7. im Juli
laufenden Jahres 1810 eine tödliche Beleidigung zugefügt, die sich sowohl persönlich gegen meine Ehre richtete als auch im gleichen Maße
zur Erniedrigung und Konfusionierung meines Ranges und Familienna-
mens diente. Fraglicher Edelmann ist zu dem allen selbst von abstoßen-
dem Äußeren und zänkischem Charakter und angefüllt von Gottesläs-
terung und Schimpfworten der mannigfachsten Art.‹«

Hier hielt der Vorleser ein wenig inne, um sich noch einmal zu
schneuzen, und der Richter legte andachtsvoll die Hände ineinander
und sprach halblaut zu sich selbst: »Nein, solch eine gewandte Feder!
Herr, mein Gott! Wie dieser Mann zu schreiben weiß!«

Iwan Iwanowitsch bat den Sekretär, mit der Verlesung fortzufahren,
und der Sekretär fuhr fort:

»›Fraglicher Edelmann, Iwan Nikifors Sohn Dowgotschchun, hat
mir, als ich mit einem freundschaftlichen Vorschlag zu ihm kam, öf-
fentlich eine kränkende und ehrenrührige Benennung beigelegt, und
zwar den Namen ›Gänserich‹, während es doch dem ganzen Mirgoroder
Kreis bekannt ist, daß ich mich bisher noch nie nach diesem widerlichen Tier genannt habe und auch in Zukunft nicht gewillt bin, mich

danach zu nennen. Als Beweis für meine adlige Abstammung führe ich an, daß in der Taufmatrikel der Drei-Heiligen-Kirche sowohl der Tag meiner Geburt verzeichnet steht als auch gebucht ist, daß ich dort die heilige Taufe, wie es sich gehört, empfangen habe. Ein ›Gänserich‹ hingegen kann, wie jeder weiß, der halbwegs in der Wissenschaft beschlagen ist, in keine Taufmatrikel eingetragen werden, weil ein ›Gänserich‹ kein Mensch, sondern ein Vogel ist, was jeder Mensch, auch wenn er nicht einmal ein Seminar besucht hat, zuverlässig weiß. Aber der fragliche bösartige Edelmann, der dies genausogut wie jeder andre weiß, hat mir aus keinem andern Grund, als um mir eine meinem Rang und Stand höchst abträgliche Kränkung zuzufügen, fragliche mich beschimpfende und häßliche Bezeichnung beigelegt.

2. Jener selbe unanständige und unerzogne Edelmann hat ferner einen Anschlag auf mein Erbgut ausgeübt, das mir nach dem Hinscheiden meines Vaters zugefallen ist, des ehemaligen Geistlichen Iwan Onissijews Sohn Pererepenko seligen Angedenkens, indem er in Mißachtung sämtlicher Gesetze seinen Gänsestall aus Bosheit grade an die Stelle gegenüber meiner Anfahrt hinverlegte, was derselbe aus gar keiner andern Absicht tat, als um die mir vorher schon zugefügte Kränkung zu verschärfen, weil fraglicher Stall bis dahin an einem sehr guten Platze stand und noch vollkommen haltbar war. Aber die widerwärtige Absicht des erwähnten Edelmanns war einfach, mich zum Augenzeugen unanständiger Verrichtungen zu machen; denn es ist wohl sicher, daß kein Mensch in einen Stall, und gar in einen Gänsestall, zu anständigen Zwecken geht. Bei dieser unrechtmäßigen Verlegung griffen noch dazu die beiden vordern Pfosten unbefugt auf meinen Grund und Boden über, welchen mir mein Vater seligen Angedenkens, Iwan Onissijews Sohn Pererepenko, noch bei seinen Lebzeiten als Erbteil übergeben hat und welcher von dem Speicher angefangen in grader Linie bis zu dem Platz reicht, wo die Weiber ihre Töpfe waschen.

3. Der oben bereits ausreichend gekennzeichnete Edelmann, bei dessen Namen man schon Widerwillen fühlt, bewegt in seiner Seele die boshafte Absicht, mich in meinem eignen Hause zu verbrennen. Die zweifellosen Anzeichen dafür erhellen klar aus folgendem: Erstens

kommt fraglicher bösartiger Edelmann in letzter Zeit sehr oft aus seinen Zimmern, was er früher wegen seiner Faulheit sowie seiner widerlichen Leibesfülle niemals tat; zweitens brennt jetzt ungewöhnlich lange Licht in seiner Leutestube, die grade an den Zaun stößt, der den mir von meinem Vater seligen Angedenkens, Iwan Onissijews Sohn Pererepenko, erblich überkommenen Grund und Boden abgrenzt – was ein überzeugender Beweis für meine obige Behauptung ist; denn früher wurde seines unflätigen Geizes wegen stets nicht bloß das Talglicht, sondern selbst das Öllämpchen gelöscht. Und stelle ich deshalb den Antrag, fraglichen Edelmann Iwan Nikifors Sohn Dowgotschchun als überführt der Brandstiftung sowie der Beleidigung gegen meinen Rang und Stand und Namen sowie auch der räuberischen Ansichraffung meines Eigentums, vor allem aber der gemeinen und unanständigen Verkupplung meines Namens mit der Bezeichnung ›Gänserich‹ zur Zahlung einer Strafe sowie einer entsprechenden Entschädigung, ingleichen in die Kosten zu verurteilen, ihm selber aber als Verbrecher schleunigst Ketten anzulegen und ihn in das städtische Gefängnis einzusperren sowie in der Sache Urteil meinem Strafantrag entsprechend schnellstens und ohne Verzögerung zu erlassen.

Geschrieben und verfaßt durch Iwan Iwans Sohn Pererepenko, Mirgoroder Edelmann und Gutsbesitzer.‹«

Nachdem der Sekretär den Strafantrag verlesen hatte, trat der Richter auf Iwan Iwanowitsch zu, faßte ihn an einem Knopf und sagte eindringlich: »Was tun Sie da, Iwan Iwanowitsch! Ja, fürchten Sie sich denn nicht vor dem lieben Gott? Werfen Sie diesen Strafantrag in den Papierkorb! Fort mit ihm! (Der Satanas soll ihm im Traum erscheinen!) Geben Sie Iwan Nikiforowitsch die Hand und einen Kuß! Und kaufen Sie sich santurinischen oder Nikopolsker Wein, oder brauen Sie auch einfach einen Punsch, und laden Sie mich mit ihm ein! Dann wollen wir zusammen fröhlich trinken und das dumme Zeug vergessen!«

»Nein, Herr Richter! Die Sache ist nicht von der Art«, sagte Iwan Iwanowitsch mit der Würde, die ihm so vortrefflich zu Gesicht stand, »die Sache ist nicht von der Art, daß man sie auf dem Wege gütlichen Vergleichs beilegen könnte. Leben Sie nun wohl! Sie gleichfalls, meine

Herren!« fuhr er mit derselben Würde fort und machte allen eine sehr gemessene Verbeugung. »Und ich hoffe, meinem Strafantrag wird geziemend nachgegangen werden.« Damit ging er und ließ das Gericht im Zustand äußerster Verwunderung zurück.

Der Richter saß und brachte keinen Ton hervor; der Sekretär nahm eine Prise; die Kanzlisten warfen den Flaschenscherben um, der als Tintenfaß benutzt wurde; der Richter selber aber fuhr in der Zerstreutheit mit dem Finger in der Tintenpfütze auf dem Tisch herum.

»Was sagen Sie dazu, Herr Beisitzer?« fragte der Richter, als er einige Zeit geschwiegen hatte.

»Ich sage gar nichts«, antwortete der Beisitzer.

»Nein, Sachen gibt es, Sachen …!« fuhr der Richter fort. Kaum aber hatte er dieses Wort gesprochen, da erklang ein Knarren von der Tür her, und Iwan Nikiforowitschs vordere Hälfte drängte sich in das Gerichtszimmer, indes die andre noch im Vorzimmer verblieb. Daß sich Iwan Nikiforowitsch fern vom Hause zeigte, und dazu noch bei Gericht, war etwas ganz Erstaunliches; der Richter schrie vor Schrecken auf, der Sekretär erhob den Blick von seinen Akten, einer der Kanzlisten, der eine Art von kurzschößigem Frack aus grober Wolle trug, steckte die Feder in den Mund, der andre verschluckte eine Fliege. Selbst der Invalide, dem das Amt des Feldjägers und Wächters übertragen war und der bis jetzt still an der Tür gestanden und sich unter seinem schmutzigen Hemd gekratzt hatte, selbst dieser Invalide riß den Mund auf und trat irgend jemand auf den Fuß.

»Was führt Sie her? Was ist denn los? Wie geht's gesundheitlich, Iwan Nikiforowitsch?«

Iwan Nikiforowitsch aber war nicht tot und nicht lebendig, weil er in der Tür feststeckte und nicht vorwärts und nicht rückwärts konnte. Ganz umsonst rief auch der Richter in das Vorzimmer hinaus, es möge jemand von den Leuten, die da warteten, Iwan Nikiforowitsch mit Gewalt von hinten her ins Amtszimmer hereinbefördern. Denn im Vorzimmer befand sich nur noch eine alte Bittstellerin, die trotz der Mühe, die sich ihre knochigen Hände gaben, keinerlei Erfolg erzielen konnte. Da erhob sich einer der Kanzlisten, ein Mensch mit dicken

Lippen, breiten Schultern, dicker Nase, schielenden, versoffnen Augen und an den Ellbogen zerrissenen Ärmeln, latschte auf Iwan Nikiforowitschs vordere Hälfte zu, legte ihm wie einem Säugling beide Arme über Kreuz und winkte dann dem Invaliden. Dieser stemmte resolut sein Knie gegen den Bauch des armen Eingeklemmten, und Iwan Nikiforowitsch, mochte er auch noch so schmerzlich stöhnen, wurde wieder in das Vorzimmer geschubst. Darauf zog man den Riegel weg und öffnete den zweiten Türflügel, indessen der Kanzlist und der hilfreiche Invalide, die nach dem gemeinsam ausgeführten Werk entsetzlich schnaufen mußten, einen Duft verbreiteten, der aus dem Amtszimmer für eine Weile einen Schnapsausschank zu machen schien.

»Haben Sie sich auch nicht weh getan, Iwan Nikiforowitsch? Ich will's meiner Mutter sagen, die schickt Ihnen einen Branntweinaufguß. Wenn Sie sich damit den Rücken und das Kreuz einreiben, ist gleich alles wieder gut.«

Iwan Nikiforowitsch aber sank auf einen Stuhl und konnte lange Zeit nur stöhnen und kein Wort hervorbringen. Dann endlich flüsterte er mit vor Müdigkeit ganz schwacher Stimme: »Ist's gefällig?«, zog die Tabakdose aus der Tasche und fuhr fort: »Bedienen Sie sich doch!«

»Ich bin erfreut, Sie hier zu sehn«, erwiderte der Richter. »Nur kann ich mir noch nicht vorstellen, was Sie eigentlich veranlaßt, sich so zu bemühen und uns durch Ihr überraschendes Erscheinen zu beehren.«

»Ich hab ein Gesuch«, brachte Iwan Nikiforowitsch angestrengt heraus.

»Wie? Ein Gesuch? Und was für eins?«

»Ja, einen Strafantrag ...« (Der Atem ging ihm aus, und er schob eine lange Pause ein) »... Ja, einen Strafantrag gegen den Lumpenkerl Iwan Iwanowitsch Pererepenko.«

»Herrgott! Sie auch? Und zwei so seltne Freunde! Wie, einen Strafantrag gegen diesen als so tugendhaft bekannten Mann?«

»Er ist der Satan selbst!« entgegnete Iwan Nikiforowitsch schroff. Der Richter schlug ein Kreuz.

»Da, nehmen Sie den Strafantrag und lassen Sie ihn gleich verlesen!«

»Nichts zu machen! – Lesen Sie, Herr Sekretär!« sagte der Richter mit verdrossener Miene, während seine Nase unwillkürlich an der Oberlippe schnüffelte, was sie sonst nur zu tun pflegte, wenn er besonders guter Laune war. Die Eigenmächtigkeit der Nase ärgerte den Richter noch viel mehr – er zog sein Taschentuch heraus und fegte damit allen Tabak von der Oberlippe, um die Nase so für ihre Frechheit zu bestrafen.

Und der Sekretär vollführte die einleitende Zeremonie, die er gewöhnlich vor Beginn einer Verlesung ohne Hilfe eines Schnupftuchs zelebrierte, und begann mit seiner uns bereits bekannten Stimme so:

»›Strafantrag des im Mirgoroder Kreis begüterten Edelmanns Iwan Nikifors Sohn Dowgotschchun; worüber Näheres in untenstehenden Punkten folgt:

1. In seiner gehässigen Bosheit und seinem offenbaren Übelwollen fügt der sich selbst als Edelmann bezeichnende Iwan Iwans Sohn Pererepenko mir allerhand Gemeinheiten, Schaden und sonstige hinterlistige, schreckenerregende Untaten zu und hat sich gestern spät um Mitternacht als Räuber, Einbrecher und Dieb mit Beilen, Sägen, Stemmeisen und andern Schlosserwerkzeugen in meinen Hof geschlichen und meinen mir gehörenden, auf fraglichem Hof gelegenen Stall mit eignen Händen und in für ihn ehrenrühriger Art zerstört, zu welchem offenbar gesetzwidrigen räuberischen Anschlag meinerseits nicht die geringste Ursache gegeben war.

2. Fraglicher Edelmann Pererepenko plant außerdem noch einen Anschlag auf mein Leben und kam, nachdem er vor dem 7. des vorigen Monats diesen Plan schon längst in aller Heimlichkeit gehegt hatte, an diesem Tag zu mir und suchte mir auf heimtückisch freundschaftliche Art die Flinte abzuschwatzen, welche ich in meinem Zimmer habe, und bot mir zum Tausch mit dem an ihm gewohnten Geize eine Menge unbrauchbarer Dinge, als da sind: eine schwarzbraune Sau und zwei Sack Hafer, an. Ich aber, der die hinterlistige Absicht, die er hatte, schon vorausahnte, versuchte, ihn auf alle Weise von fraglicher Absicht abzubringen; fraglicher Schurke und Halunke Iwan Iwans Sohn Pererepenko aber schimpfte mich mit bäurischen Ausdrücken und

hegte seit diesem Tage eine Feindschaft gegen mich, die unversöhnlich ist. Des weiteren ist fraglicher, des öfteren bereits erwähnter hemmungsloser Edelmann und Räuber Iwan Iwans Sohn Pererepenko von höchst unanständiger Herkunft: seine Schwester war eine stadtbekannte liederliche Weibsperson, die durchging, um der Jägerkompanie zu folgen, die vor jetzt fünf Jahren hier in Mirgorod garnisonierte; ihren Ehemann aber ließ dies Weib kaltblütig in die Bauernliste eintragen. Der Vater und die Mutter dieses Menschen waren gleichfalls höchst verbrecherische Leute sowie alle beide fürchterliche Trunkenbolde. Aber der erwähnte Edelmann und Räuber Pererepenko hat durch seine viehischen und tadelswürdigen Verbrechen seine ganze Sippschaft übertrumpft und tut, so fromm er sich auch stellt, die lästerlichsten Dinge: er hält nicht mal die Fasten ein, was klar daraus hervorgeht, daß sich dieser Gottesleugner einen Tag vor den Adventsfasten noch einen Hammel kaufte und ihn tags darauf von seiner unehelichen Beischläferin namens Gapka schlachten ließ, unter dem Vorwand, daß er grade um diese Zeit den Talg des Tieres für Lichter brauchte. Und deshalb stelle ich den Antrag, fraglichem Edelmann als Räuber, Kirchendieb und Spitzbuben, dem Raub und Diebstahl nachgewiesen wurden, Ketten anzulegen und ihn in das städtische oder staatliche Gefängnis einzusperren und ihn dann nach billigem Ermessen seines Ranges und des Adels quitt zu sprechen, ihn recht fest mit Berberitzenreisig durchzuwichsen, ihn gegebenenfalls zur Zwangsarbeit nach Sibirien zu schicken, ihn zur Zahlung aller Kosten und zu angemessener Entschädigung anzuhalten sowie in der Sache Urteil meinem Strafantrag entsprechend zu erlassen.

Diesen Strafantrag hat eigenhändig unterschrieben Iwan Nikifors Sohn Dowgotschchun, Edelmann zu Mirgorod.‹«

Sobald der Sekretär mit der Verlesung fertig war, faßte Nikiforowitsch ungesäumt nach seiner Mütze und verbeugte sich zum Abschied.

»Halt! Wohin, Iwan Nikiforowitsch?« rief ihm der Richter nach. »So setzen Sie sich doch noch einen Augenblick! Und trinken Sie ein Täßchen Tee! Oryschko! Steht das dumme Mädel da und wechselt Blicke mit den Schreibern! Marsch, hol Tee!«

Iwan Nikiforowitsch aber war vor lauter Angst, weil er sich gar so weit von seinem Haus befand und weil er vorhin jene schlimme Quarantäne hatte dulden müssen, schon zur Tür hinaus und sagte nur: »Bemühen Sie sich nicht, ich werde mit Vergnügen ...« Damit fiel die Tür hinter ihm ins Schloß; das ganze Amt blieb höchst erstaunt zurück.

Hier war gar nichts zu machen. Beide Strafanzeigen wurden angenommen, und der ganze Handel hatte zweifellos bereits das Zeug dazu in sich, ein äußerst interessanter Fall zu werden, als ein Umstand, den kein Mensch hatte voraussehn können, ihn noch bedeutend interessanter machte. Als der Richter in Begleitung seines Beisitzers und seines Sekretärs das Amtslokal verlassen hatte und nun die Kanzlisten die von den Parteien mitgebrachten Hühner, Eier, angeschnittnen Brotlaibe, Maultaschen, Weißbrote und andern Kram in einen Sack verstauten – just um diese Zeit kam eine Sau, schwarzbraun von Farbe, in das Amtszimmer gelaufen und ergriff zum Staunen der Versammelten nicht etwa eine Maultasche oder ein Stückchen Brotrinde, nein, ganz im Gegenteil: den Strafantrag des wackeren Nikiforowitsch, der an der einen Schmalseite des Tisches lag und über dessen Rand hinunterhing. Als sie das Dokument im Maule hatte, lief die schwarzbraune Übeltäterin so schnell davon, daß keiner der Gerichtsbeamten sie einholen konnte, und bekümmerte sich wenig um die Lineale und die Tintenfässer, die ihr nachgeworfen wurden. Dieser unerhörte Vorgang hatte eine schreckliche Verwirrung im Gefolge, weil der in Verlust gegangene Strafantrag noch gar nicht abgeschrieben war. Der Richter oder vielmehr sein Beisitzer beriet sich mit dem Sekretär sehr lange über diese noch nie dagewesene Komplikation; endlich entschloß man sich zu einem schriftlichen Bericht darüber an den Polizeimeister, weil die Recherchen in dieser verzwickten Angelegenheit wohl in die Kompetenz der städtischen Polizei gehörten. Fraglichen Bericht, welcher die Aktenzahl 389 trug, erhielt der Polizeimeister noch an demselben Tag, und das zog eine sehr interessante Auseinandersetzung nach sich, über die der wohlgeneigte Leser sich im folgenden Kapitel näher unterrichten kann.

5.

Das fünfte Kapitel, das von einem schwierigen Konzilium zwischen zwei in Mirgorod hochangesehnen Personen Kunde gibt

Kaum hatte sich Iwan Iwanowitsch wieder über seine Wirtschaft informiert und war dann aus dem Haus getreten, um sich, wie er es in der Übung hatte, unter seinem Vordach auszustrecken, als er mit unsäglicher Verwunderung an der Pforte seines Hofes etwas Rotes schimmern sah. Dies war des Herrn Polizeimeisters roter Ärmelaufschlag, der, gleichwie der Kragen dieses Würdenträgers, durch den Lauf der Jahre eine Politur erhalten hatte und dem Rande zu an Lackleder erinnerte. Iwan Iwanowitsch dachte sich: ›Wie nett vom Polizeimeister, daß er ein Plauderstündchen mit mir halten will!‹ – doch war er höchst erstaunt, als er bemerkte, daß der Polizeimeister sich sehr beeilte und gewaltig mit den Armen schlenkerte, was er nur äußerst selten tat. Der Polizeimeister hatte acht Knöpfe an der Uniform. Den neunten hatte er vor fast zwei Jahren bei der Prozession gelegentlich der Einweihung der neuen Mirgoroder Kirche eingebüßt, und leider hatten ihn die Polizisten bis zur Stunde noch nicht wiederfinden können, obgleich sich der Polizeimeister bei den Rapporten der Revieraufseher jeden Tag erkundigte, ob denn der Knopf noch nicht gefunden sei. Die acht verbliebnen Knöpfe saßen so, wie alte Weiber ihre Bohnen setzen – immer einer zu weit rechts, der nächste zu weit links. Ins linke Bein hatte der Polizeimeister im letzten Feldzug einen Schuß bekommen. Darum hinkte er mit diesem Fuß und warf ihn, wenn er ging, so stark zur Seite, daß dies alle Arbeit seines rechten Fußes fast zunichte machte. Und je schneller nun der Polizeimeister sein Fußwerk in Bewegung setzte, desto langsamer kam er vom Fleck, so daß Iwan Iwanowitsch reichlich Muße hatte, sich in staunenden Vermutungen darüber zu ergehn, warum der Polizeimeister so heftig mit den Armen schlenkre. Das machte ihm um so größeres Kopfzerbrechen, als der Polizeimeister den neuen Degen trug, den er nur in besonders wichtigen Fällen zu benutzen pflegte.

»Guten Tag, Herr Polizeimeister!« sagte Iwan Iwanowitsch, der, wie wir ja schon wissen, sehr neugierig war und seine Ungeduld kaum zügeln konnte, da er sah, wie der Beamte seine Freitreppe im Sturm nahm, wobei er aber die Augen noch nicht hob und immerzu in heftigem Konflikt mit seinem Fußwerk war, das keine Stufe gleich auf Anhieb nehmen konnte.

»Ich wünsche Ihnen einen guten Tag, verehrter Freund und Gönner«, erwiderte der Polizeimeister.

»Belieben freundlichst Platz zu nehmen! Wie ich sehe, sind Sie müde, weil Ihnen der Schuß im Bein Beschwerden macht ...«

»Mein Bein?« sagte der Polizeimeister und musterte Iwan Iwanowitsch mit einem Blick, wie ihn der Riese auf den Zwerg und der pedantische Professor auf den windigen Tanzlehrer wirft. Und dabei streckte er das Bein und stampfte kräftig auf. Nur kam ihn dieser Mut teuer zu stehen: seine Gestalt geriet ins Wanken, und er schlug mit der Nase hart auf das Geländer. Doch der weise Hüter unserer öffentlichen Ordnung tat, als wäre überhaupt nichts geschehen, er richtete sich schleunigst wieder auf und griff in seine Tasche, als ob er da die Tabakdose suche.

»Ich kann Ihnen melden, liebster Freund und Gönner, daß ich während meiner Lebenszeit schon andre Märsche hinter mich gebracht habe. Und was für Märsche, ganz im Ernst! Zum Beispiel in dem Feldzug anno 1807 ... Ach, ich muß Ihnen erzählen, wie ich damals über einen Zaun zu einer hübschen kleinen Deutschen stieg!« Hierbei drückte der Polizeimeister das eine Auge zu und setzte eine ganz verteufelte Spitzbubenmiene auf.

»Wo waren Sie denn heute schon?« fragte Iwan Iwanowitsch, der den Beamten unterbrechen und schnellstmöglich auf den Zweck seines Besuches bringen wollte; er hätte um sein Leben gern gefragt, was ihm der Polizeimeister eröffnen wolle; aber seine vornehme Weltläufigkeit ließ ihn natürlich klar erkennen, wie unpassend eine solche Frage wäre.

Also mußte sich Iwan Iwanowitsch zusammennehmen und des Rätsels Lösung abwarten, obgleich das Herz ihm ungewöhnlich heftig schlug.

»Gestatten Sie mir, Ihnen zu erzählen, wo ich war«, begann der Polizeimeister. »Vor allem aber möchte ich feststellen, daß wir heute wundervolles Wetter haben ...«

Diese Worte führten fast Iwan Iwanowitschs Tod herbei.

»Aber gestatten Sie«, fuhr der Beamte fort, »ich komme heute in einer sehr wichtigen Angelegenheit zu Ihnen.« Das Gesicht des Polizeimeisters und seine Haltung nahmen wieder den besorgten Ausdruck an, mit dem er vorhin die Freitreppe im Sturm genommen hatte.

Iwan Iwanowitsch horchte auf und bebte wie im Fieber, ließ sich aber doch nicht abhalten, so unschuldsvoll wie stets zu fragen: »Was soll daran wichtig sein? Wo liegt denn da die Wichtigkeit?«

»Ja, sehn Sie mal – vor allem, lieber Freund und Gönner Iwan Iwanowitsch, gestatte ich mir, Ihnen zu vermelden, daß ... Und sehn Sie mal – was mich betrifft, so will ich keineswegs ... Bloß die Prinzipien der Regierung, die Prinzipien der Regierung fordern es ... Sie haben doch die Polizeiverordnung verletzt!«

»Was reden Sie denn da, Herr Polizeimeister? Nein, ich versteh kein Wort.«

»Gestatten Sie, Iwan Iwanowitsch, wieso verstehn Sie kein Wort? Ihr eignes Vieh hat ein sehr wichtiges amtliches Dokument verschleppt, und Sie, Sie sagen noch, daß Sie kein Wort verstehn?«

»Was für ein Vieh?«

»Ja, mit Respekt zu sagen: Ihre eigne schwarzbraune Sau.«

»Kann ich denn was dafür? Warum läßt der Gerichtsdiener die Türen offen?«

»Aber Iwan Iwanowitsch, es ist ja doch Ihr eignes Tier – und also sind Sie schuld.«

»Ich danke Ihnen ganz ergebenst, daß Sie mich mit einer Sau vergleichen!«

»Das hab ich nicht gesagt, Iwan Iwanowitsch! Bei Gott, das hab ich nicht gesagt! Ja, überlegen Sie doch bitte selbst nach Ihrem eignen besten Wissen und Gewissen. Es ist Ihnen zweifellos bekannt, daß es in Übereinstimmung mit den Prinzipien der Obrigkeit in unserer Stadt, und um so mehr in deren Hauptstraßen, verboten ist, unreine Tiere frei herumlaufen zu lassen. Sie müssen selber zugestehn, daß das verboten ist.«

»Weiß Gott, was Sie da reden! Große Wichtigkeit, wenn eine Sau zufällig auf die Straße läuft!«

»Gestatten Sie mir, zu bemerken … Gestatten Sie, gestatten Sie, Iwan Iwanowitsch, das geht ganz einfach nicht. Wer kann da etwas tun? Die Obrigkeit befiehlt – wir müssen ihr gehorchen. Ich will ja nicht bestreiten, daß sich manchmal auf der Straße und zuweilen sogar auf dem Marktplatz Hühner oder Gänse zeigen, bitte zu bemerken: Hühner oder Gänse. Was jedoch die Schweine und die Ziegen angeht, hab ich erst voriges Jahr eine Verordnung publiziert, daß sie sich nicht auf öffentlichen Plätzen zeigen dürfen. Und die fragliche Verordnung habe ich noch dazu vor der Versammlung der Gemeinde und somit vor allem Volke ausdrücklich verlesen lassen.«

»Nein, Herr Polizeimeister, ich seh hier weiter nichts, als daß Sie mich auf jede Art beleidigen wollen.«

»Nein, das können Sie nun nicht behaupten, liebster Freund und Gönner, daß ich Sie beleidigen will. Erinnern Sie sich doch: hab ich im vorigen Jahr auch nur ein einziges Wort gesagt, als Sie Ihr Dach um eine ganze Elle höher bauten, als das festgesetzte Maß erlaubt? Im Gegenteil, ich tat, als ob ich es nicht merkte. Glauben Sie mir, liebster Freund, ich würde heute doch genausogut … Bloß meine Pflicht, mit einem Worte, meine Schuldigkeit verlangt von mir, auf Reinlichkeit zu achten. Nun bedenken Sie doch selber: grade auf der Hauptstraße …«

»Herrliche Hauptstraße, die Sie da haben! Jedes alte Weib wirft ja hinaus, was es nicht brauchen kann.«

»Iwan Iwanowitsch, gestatten Sie mir, zu bemerken, daß vielmehr Sie *mich* beleidigen! Natürlich kommt das manchmal vor, dann aber größtenteils doch nur an Zäunen, Scheunen, Speichern. Wenn dagegen auf der Hauptstraße und auf dem Marktplatz eine trächtige Sau herumläuft, heißt das doch …«

»Was denn, Herr Polizeimeister? Ist eine Sau vielleicht kein Gottes-geschöpf?«

»Gewiß. Das weiß die ganze Welt, daß Sie ein Mann von Bildung und in allen Wissenschaften und auch in sonst jeder Hinsicht unter-richtet sind. Ich hab selbstverständlich keine Wissenschaft gelernt. Ich hab die kurrente Schrift ja erst gelernt, als ich schon dreißig Jahre war. Ich hab, wie Sie wissen, als Gemeiner angefangen.«

»Hm«, erwiderte Iwan Iwanowitsch.

»Ja«, fuhr der Polizeimeister gemessen fort, »im Jahre 1801 stand ich als Leutnant bei der vierten Kompanie des zweiundvierzigsten Jä-gerregiments. Mein Kompaniechef, den Sie vielleicht kennen, war der Hauptmann Jeremejew.« Und der Polizeimeister versenkte seine Finger in die Tabakdose, die Iwan Iwanowitsch ihm geöffnet hinhielt, und zerrieb den Tabak, statt zu schnupfen.

»Hm«, erwiderte Iwan Iwanowitsch.

»Ja, es ist aber meine Pflicht«, sagte der Polizeimeister, »den Anord-nungen der Regierung zu gehorchen. Wissen Sie denn auch, Iwan Iwanowitsch, daß einer, der bei Gericht ein amtliches Papier entwendet, ganz wie jeder andre Verbrecher vor das Kriminalgericht zu ziehen ist?«

»Das weiß ich so genau, daß ich Sie, wenn Sie wollen, darin unter-richten könnte. Doch bezieht sich dies auf Menschen. Wenn zum Beispiel Sie so ein Papier entwendet hätten … Aber eine Sau ist ja ein Tier, Gottes Geschöpf.«

»Ganz recht, nur heißt es im Gesetz: ›Wer sich so eines Aktendieb-stahls schuldig macht …‹ Ich bitte sehr, beachten Sie das wohl, ganz einfach: ›wer sich schuldig macht‹! Hier ist von Art, Geschlecht und Stand gar nicht die Rede; folglich kann ein Tier sich gleichfalls schuldig machen. Tun Sie, was Sie wollen, jedenfalls ist doch das Tier als Ord-nungsstörer, bis das Urteil ausgesprochen ist, der Polizei zu übergeben.«

»Nein, Herr Polizeimeister«, erwiderte Iwan Iwanowitsch kaltblütig, »nein, das tu ich nicht!«

»Ganz, wie Sie wollen; ich meinesteils muß den Vorschriften der Obrigkeit gehorchen.«

»Ach was, Sie wollen mir wohl bange machen? Schicken wohl den einarmigen Invaliden her, um meine Sau zu holen? Wenn ihm nur nicht meine Gapka mit dem Schüreisen den Marsch bläst und ihm auch den letzten Arm kaputtschlägt!«

»Ich will nicht mit Ihnen streiten. Wenn Sie sie der Polizei nicht übergeben wollen, dann bedienen Sie sich ihrer ganz nach eigenem Ermessen; stechen Sie sie, wenn Sie meinen, vor Weihnachten ab, und lassen Sie die Schinken räuchern oder essen Sie sie so. Nur hätte ich da eine Bitte: wenn Sie Würste machen, schicken Sie mir doch ein paar von Ihren Blutwürsten mit Speck, auf die sich Ihre Gapka so famos versteht. Sie wissen, meine Agrafjona Trofimowna ißt sie so gern.«

»Ja, ein paar Würste können Sie schon haben, bitte sehr!«

»Ich werde Ihnen herzlich dankbar sein, verehrter Freund und Gönner. Jetzt gestatten Sie mir aber noch ein Wort! Ich habe den gemessenen Auftrag einerseits vom Richter, andrerseits von unseren sämtlichen Bekannten, Sie mit Ihrem Freund Iwan Nikiforowitsch auszusöhnen.«

»Was? Mit diesem ungebildeten Patron? Mich aussöhnen mit diesem Grobian? Niemals! Nein, das geschieht gewiß nicht! Nie!« Iwan Iwanowitsch war sehr entschieden aufgelegt.

»Ganz, wie Sie wollen«, rief der Polizeimeister und führte seinen Nüstern Tabak zu. »Ich darf mir nicht erlauben, Ihnen einen Rat zu geben; nur gestatten Sie mir die Bemerkung: jetzt sind Sie verfeindet; wenn Sie sich versöhnen ...«

Doch Iwan Iwanowitsch begann vom Wachtelfang zu sprechen, was er meistens tat, wenn er die Rede auf etwas andres bringen wollte. Und so mußte sich der Polizeimeister ohne den kleinsten Schatten von Erfolg nach Hause trollen.

6.

**Das sechste Kapitel, aus dem der Leser ohne Schwierigkeit alles
entnehmen kann, was es enthält**

So große Mühe man sich bei Gericht auch gab, die Sache zu verheim-
lichen, am nächsten Tag wußte doch ganz Mirgorod, daß die Iwan
Iwanowitsch gehörige Sau Iwan Nikiforowitschs Strafanzeige mitgenom-
men hatte. Und der Polizeimeister war selbst der erste, der sich aus
Versehn verplauderte. Als man Iwan Nikiforowitsch davon erzählte,
sagte er kein Wort; er fragte nur: »Und war es eine schwarzbraune?«

Agafija Fedossejewna aber, die dabei war, fing von neuem an, Iwan
Nikiforowitsch aufzuhetzen: »Ja, Iwan Nikiforowitsch, sag, was denkst
du dir? Wie einen Narren wird man dich verlachen, wenn du dir so
was gefallen läßt! Wer hält dich denn dann noch für einen Edelmann?
Dann wirst du weniger gelten als das alte Marktweib, das die Krapfen
feilhält, für die du so schwärmst.«

Und unermüdlich, wie sie war, brachte sie ihn glücklich auch so
weit, wie sie wollte. Sie trieb ein Mannsbild von mittleren Jahren auf,
ein schwärzliches Geschöpf mit lauter Flecken im Gesicht, in einem
dunkelblauen, an den Ellbogen geflickten Rock, kurz, das leibhaftige
Amtstintenfaß! Er schmierte sich die Stiefel nur mit Teer, trug hinter
jedem Ohr drei Federn und mit einer Schnur an einem Rockknopf
angebunden eine Glasblase, die er als Tintenfaß benutzte. Er aß leicht
neun Maultaschen auf einen Sitz und steckte sich die zehnte ein, und
er verstand es meisterhaft, so viel Verleumdungen auf einem Stempelbogen zu vereinen, daß kein Mensch so eine Schrift in einem Zug
durchlesen konnte, ohne zwischendurch des öfteren zu husten und zu
niesen. Dieses kleine menschenähnliche Gebilde wühlte nun herum
und saß und schwitzte, schrieb und schrieb und kochte so zum Schluß
folgendes Aktenstück zusammen:

›An das Mirgoroder Kreisgericht vom Edelmann Iwan Nikifors Sohn
Dowgotschchun, daselbst.

Zusätzlich zu meinem, des Edelmanns Iwan Nikifors Sohn Dowgot-schchun, Strafantrag, gerichtet gegen den Edelmann Iwan Iwans Sohn Pererepenko, als zu welchem auch bereits das Mirgoroder Kreisgericht diesseitig seine Zustimmung erteilt hat. Betreff: Jene freche Eigenmäch-tigkeit der schwarzbraunen Sau, wohl geheimgehalten, aber doch schon außenstehenden Persönlichkeiten zu Gehör gekommen. Sintemalen fragliche Zulassung und Duldung, als mit dem Dolus behaftet, unver-zügliches gerichtliches Einschreiten erfordert, weil fragliche Sau ein dummes Tier ist und deshalb um so geeigneter zur Entwendung einer Akte. Woraus offensichtlich zu entnehmen, daß des öfteren erwähnte Sau nur angestiftet wurde von der Gegenpartei, die sich Edelmann des Namens Iwan Iwans Sohn Pererepenko nennt, als welcher der Räuberei, des Mordanschlages und des Kirchendiebstahls bereits überführt ist. Aber fragliches Mirgoroder Gericht in seiner längst bekannten Partei-lichkeit hat seinerseits geheimes Einverständnis kundgegeben, ohne welches Einverständnis fraglicher Sau auf keine Weise die Einführung fraglichen Strafantrages ermöglicht hätte werden können, weil das Mirgoroder Kreisgericht mit Personal vollkommen ausreichend versorgt ist, zum Beweis wofür es wohl genügt, den Invaliden zu erwähnen, der sich jederzeit im Vorraum aufhält und, wenn er auch auf dem einen Auge schielt und an dem einen Arm etwas beschädigt ist, die angemes-sene Fähigkeit besitzt, eine Sau hinauszujagen und mit einem Knüppel zu verprügeln. Woraus klar eine Begünstigung durch fragliches Mirgo-roder Kreisgericht hervorgeht und eine gemeine Profitverteilungsabma-chung auf Gegenseitigkeit erhellt. Fraglicher obenerwähnter Räuber und Edelmann Iwan Iwans Sohn Pererepenko aber hat diese Affäre hinterlistig angezettelt. Weshalb denn ich, der Edelmann Iwan Nikifors Sohn Dowgotschchun, fraglichem Kreisgericht zur geziemenden Kenntnis bringe, daß für den Fall, daß fraglicher Strafantrag nicht fraglicher schwarzbrauner Sau oder dem mit derselben einverständlich handelnden Edelmann Pererepenko abgefordert und auf Grund dessel-ben rechtmäßiges Urteil entsprechend meinem Antrage erlassen wird – daß in diesem Falle ich, der Edelmann Iwan Nikifors Sohn Dowgot-schchun, wegen der gesetzwidrigen Duldung fraglichen Gerichtes Klage beim Bezirksgericht erheben werde nebst dem Antrag, die Verhandlung über die Sache in gehöriger Form auf fragliches Bezirksgericht zu übertragen.

Iwan Nikifors Sohn Dowgotschchun, Edelmann zu Mirgorod.‹

Diese Beschwerde hatte ihre Wirkung. Denn der Richter war, wie gutmütige Leute meistenteils, ein bißchen von der feigen Gilde. Und so wendete er sich an den Sekretär. Der Sekretär stieß nur ein dumpfes »Hm« durch die Lippen und zog ein so gleichgültiges und satanisch zweideutiges Gesicht, wie es sonst nur der Teufel aufsetzt, wenn er zu seinen Füßen ein gehetztes Opfer sieht, dem jede andre Zuflucht abgeschnitten ist. Ein einziges Mittel gab es noch: die beiden Freunde zu versöhnen. Doch wie sollte man das machen, wenn bisher die dahin zielenden Versuche allesamt umsonst gewesen waren? Man entschloß sich trotzdem, es noch einmal zu versuchen; doch Iwan Iwanowitsch erklärte rundheraus, er denke nicht daran, und kam sogar in starken Zorn dabei. Iwan Nikiforowitsch wies den Leuten statt der Antwort kurz den Rücken und sprach überhaupt kein Wort. So kam denn der Prozeß mit jener außergewöhnlichen Geschwindigkeit in Gang, die bei Gerichten so gewöhnlich ist. Die Akten erhielten den Präsentatum-Vermerk und wurden registriert und numeriert, geheftet und kollationiert, und alles dies an einem Tag, dann kamen sie wie üblich in den Schrank und lagen, lagen, lagen dort ein Jahr, ein zweites und ein drittes Jahr. Sehr viele Bräute wurden unterdes getraut; in Mirgorod wurde eine neue Straße angelegt; der Richter verlor inzwischen einen Backenzahn sowie zwei Schneidezähne; auf Iwan Iwanowitschs Hofe liefen ein paar kleine Kinder mehr herum (woher sie kamen, weiß der liebe Gott allein); Iwan Nikiforowitsch ließ sich, um Iwan Iwanowitsch zu ärgern, einen neuen Gänsestall erbauen, freilich in ein wenig größerem Abstande vom Zaun, und er verbaute sich dann völlig gegen seinen früheren Freund Iwan Iwanowitsch, so daß sich diese beiden würdigen Leute überhaupt fast nie von Angesicht zu Angesicht erblickten.

Mittlerweile lag die Akte in allerhöchster Ordnung auf dem alten Platz im Schrank, der durch die vielen Tintenkleckse gänzlich marmoriert war. Eines Tages aber gab es in Mirgorod ein für die ganze Stadt hochwichtiges Ereignis. Der Herr Polizeimeister gab eine Assemblee. Wo nehme ich die Pinsel und die Farben her, um die abwechslungsreiche Auffahrt und den Glanz des Festmahls darzustellen! Öffnet eine Uhr und seht, was darin vorgeht! Nun, nicht wahr, ein fürchterlicher Wirrwarr? Und jetzt stellt euch vor, daß sich beinah so viele Räder, wenn nicht gar noch mehr, im Hof des Polizeimeisters befanden! Was es da für Halbchaisen und Landauer zu sehen gab! Der eine Wagen war hinten breit und vorne schmal, der andre hinten schmal und vorne breit. Der eine war Halbchaise und Landauer zugleich, der andre weder Halbchaise noch Landauer; der eine glich einem riesigen Heuschober oder einer dicken Kaufmannsfrau, der andre einem zerzausten Juden oder einem Gerippe, um das teilweise noch die Haut herumhängt; der eine glich, von der Seite gesehen, einem Pfeifenkopf nebst Pfeifenrohr, der andre ließ sich mit nichts in dieser Welt vergleichen, sondern stellte ein ganz sonderbares, ungestaltes und phantastisches Gemächte dar. Und mitten aus diesem Gewirr von Rädern und von Böcken ragte eine Art Gefährt mit einem Zimmerfenster, das ein schweres Fensterkreuz aufweisen konnte. Kutscher in grauen Kosakenröcken, in Jacken und in Kitteln, teils in Lammfellmützen, teils in andern Mützen von verschiedenstem Kaliber, gängelten die ausgespannten Pferde auf dem Hof. Ja, das war schon was, die Assemblee beim Polizeimeister! Wenn ihr gestattet, zähle ich euch alle jene Herren auf, die da erschienen waren: Taras Tarassowitsch, Jewpal Akinfowitsch, Jewtichi Jewtichijewitsch, Iwan Iwanowitsch – nicht unser Iwan Iwanowitsch, sondern ein andrer –, Sawwa Gawrilowitsch, unser Iwan Iwanowitsch, Jelewferi Jelewferijewitsch, Makar Nasarjewitsch, Foma Grigorjewitsch … Ich kann nicht mehr! Die Kraft versagt! Die Hand ist müde von dem Niederschreiben all der Leute. Ja, und wie viele Damen es da gab! Mit dunkler und mit weißer Haut, hochaufgeschossene und kleine; Damen, die so dick waren wie unser Freund Iwan Nikiforowitsch, Damen die so dünn waren, daß man sie ohne weiteres in die Degenscheide des Polizeimeisters versenken konnte! Und die Hauben! Und die Kleider, rot, gelb, kaffeebraun, grün, blau, neu, modernisiert, gewendet! Tücher, Bänder, Ridiküls! Kurz, lebt wohl, ihr armen Augen!

Nach dem wunderbaren Schauspiel seid ihr künftighin zu nichts mehr nütze. Und was für ein langer Tisch da aufgeschlagen war! Und wie sich alles unterhielt, welch einen Lärm sie machten! Was bedeutet im Vergleich damit selbst eine Mühle mit all ihren Mühlsteinen und Rädern, Drillingen und Tretgetrieben! Ich kann nicht mit Sicherheit feststellen, was sie alles sprachen, aber es ist anzunehmen, daß sie von sehr vielen nützlichen und angenehmen Dingen sprachen, so vom Wetter und von Hunden und vom Weizen und von Hauben und von Hengsten. Endlich sagte dann Iwan Iwanowitsch – nicht unsrer, nein, der andre Iwan Iwanowitsch, der auf dem einen Auge schielt –: »Es nimmt mich wunder, daß mein rechtes Auge (denn der schielende Iwan Iwanowitsch sprach stets im Ton der Ironie von sich) Iwan Nikiforowitsch Dowgotschchun nirgends erblicken kann.«

»Er wollte ja nicht kommen«, sagte der Polizeimeister.

»Wieso denn das?«

»Es ist ja doch, gottlob, jetzt schon zwei Jahre, daß sie sich verzankt haben, das heißt, Iwan Iwanowitsch mit Iwan Nikiforowitsch. Und wo einer sich befindet, kommt der andre bestimmt nicht hin.«

»Was Sie nicht sagen!« Und der schielende Iwan Iwanowitsch blickte zum Himmel auf und faltete die Hände. »Lieber Gott, wenn schon die Leute mit gesunden Augen nicht in Frieden leben können, wie soll ich mich denn da mit meinem schielenden vertragen!«

Hierauf lachte alle Welt aus vollem Halse. Alle hatten sie den schielenden Iwan Iwanowitsch gern, weil seine Witze immer ganz genau dem Zeitgeschmack entsprachen. Sogar ein hochgewachsener hagrer Herr in einem Friesrock und mit einem Pflaster auf der Nase, der bisher still in einer Ecke gesessen und seinen Gesichtsausdruck noch keinen Augenblick verändert hatte, nicht einmal, als eine Fliege ihm ins Nasenloch geflogen war, – selbst dieser Herr erhob sich und gesellte sich zur Menge, die den schielenden Iwan Iwanowitsch umringte.

»Hören Sie mal zu!« sagte der schielende Iwan Iwanowitsch, als er einen so großen Kreis um sich versammelt sah. »Hören Sie zu: statt daß Sie jetzt mein scheeles Auge zum Objekt Ihrer Bewundrung machen, lassen Sie uns lieber unsre beiden Freunde miteinander aussöhnen! Iwan Iwanowitsch schwatzt eben mit den Weibern und den Mädchen – schicken wir ganz heimlich nach Iwan Nikiforowitsch, und bugsieren wir sie aufeinander los!«

Dieser Plan des schielenden Iwan Iwanowitsch fand einstimmigen Beifall, und es wurde beschlossen, einen Abgesandten in das Haus Iwan Nikiforowitschs zu entsenden und ihn zu ersuchen, sich um jeden Preis beim Polizeimeister zum Mittagessen einzufinden. Bloß die Frage, wem man diese wichtige Sendung übertragen solle, weckte allgemeinen Zweifel. Lange debattierte man, wer am geschicktesten und fähigsten auf diplomatischem Gebiete sei; endlich beschloß man einstimmig, einen Herrn Golopus mit dieser Sache zu beauftragen.

Doch dürfte es wohl angebracht sein, den geneigten Leser jetzt zunächst mit diesem sehr bemerkenswerten Mann bekannt zu machen. Golopus war im vollsten Sinne des Wortes ein tugendhafter Mensch: wenn ihm ein angesehener Mirgoroder Bürger eine Unterhose oder, sagen wir, ein Halstuch schenkte, sagte er ihm seinen Dank; und wenn ihm einer einen Nasenstüber gab, bedankte er sich ebenfalls. Und fragte jemand: »Sagen Sie, Herr Golopus, aus welchem Grunde tragen Sie einen braunen Rock mit blauen Ärmeln?«, dann gab er zurück: »Sie haben ja nicht einmal so einen Rock! Warten Sie nur ab: wenn ich ihn eine Zeitlang trage, gleicht sich das schon aus!« Und in der Tat, das blaue Tuch begann sich in der Sonne braun zu färben und paßte jetzt bereits ganz gut zum Tuche des Rockes. Sonderbar ist auch, daß Golopus im Sommer einen tuchnen Anzug und im Winter einen Nankinganzug trägt. Herr Golopus besitzt kein eignes Haus. Er hatte einmal eins am Rande der Stadt, verkaufte es jedoch und kaufte vom Erlös drei braune Pferde sowie eine kleine Halbchaise, mit der er zu den Gutsbesitzern in der Nachbarschaft auf Besuch fuhr. Da ihm die Pferde aber viele Umstände machten und der Hafer auch nicht wenig kostete, vertauschte Golopus sie gegen eine Geige und eine leibeigne Magd, wobei er auch noch fünfundzwanzig Rubel bar daraufgezahlt bekam. Die Geige machte er nach kurzer Zeit zu Geld, und für die Magd tauschte er einen Tabakbeutel aus Saffian mit reicher Handvergoldung ein. Dafür hat er jetzt einen Tabakbeutel wie kein andrer in der Stadt. Jedoch für diesen Vorzug muß er andrerseits darauf verzichten, auf die Güter zu Besuch zu fahren, und sieht sich genötigt, in der Stadt zu bleiben und dort wechselweise in verschiednen Häusern Nachtquartier zu suchen, meist bei Edelleuten, die sich ein Vergnügen daraus machen, ihn mit Nasenstübern zu traktieren. Golopus legt Wert auf gutes Essen und spielt trefflich Karten und auch Mühle. Fügsamkeit war stets sein Element, darum griff er auch jetzt zu Hut und Stock und machte sich ohne Säumen auf den Weg.

Im Gehen überlegte er, auf welche Weise er Iwan Nikiforowitsch bewegen könnte, zu der Assemblee zu kommen. Die ein wenig schroffen Umgangsformen dieses sonst gewiß sehr würdigen Mannes machten ein Gelingen seiner Mission beinah unmöglich. Und wie sollte er sich auch entschließen, mitzukommen, wenn ihn schon das Aufstehn aus dem Bett große Mühe kostete? Aber sogar angenommen, daß er aufstünde: wie war es möglich, daß er dorthin käme, wo sich doch – worüber er ganz sicher unterrichtet war – sein geschworner Feind befand? Je länger Golopus hierüber nachdachte, desto mehr Hindernisse sah er vor sich. Es war schwül, die Sonne brannte, und der Schweiß rann ihm in Strömen von der Stirn. Herr Golopus war trotz der Nasenstüber, die er kriegte, in mancher Hinsicht ein gerissener Bursche. Bloß in Tauschgeschäften hatte er kein besonderes Glück. Er wußte sehr genau, wann es am Platze war, sich dumm zu stellen, und fand dadurch, daß er sich zum Narren machte, oft den rechten Weg in schwierigen Umständen, wo mancher Kluge sich wohl nicht herausgefunden hätte.

Während sein erfinderischer Geist nun über einem Mittel brütete, durch das er Iwan Nikiforowitsch überreden könnte, und er jeder Möglichkeit mutvoll ins Auge blickte, brachte ihn ein unvorhergesehner Umstand leider etwas in Verwirrung. Es ist hier am Platze, daß der Leser folgendes erfährt: Herr Golopus besaß neben andern ein Paar Pantalons mit der höchst sonderbaren Eigentümlichkeit, daß er sie niemals anziehen konnte, ohne daß ihn alle Hunde in die Waden bissen. Und das Unglück wollte es, daß er an diesem Tag just diese Hosen trug. Er hatte sich denn auch kaum seiner Überlegung hingegeben, als ihm schon ein fürchterliches Gebell von allen Seiten schreckerregend in die Ohren klang. Herr Golopus erhob ein so durchdringendes Geschrei (und schreien konnte er wie sonst kein Mensch), daß nicht nur das uns schon bekannte alte Weib und der Bewohner des uns ebenfalls bekannten unermeßlichen großen Rockes ihm entgegenliefen, sondern auch die kleinen Jungen von Iwan Iwanowitschs Hofe Rudel um ihn bildeten. Und obgleich die Hunde ihn nur leicht in eine seiner Waden beißen konnten, lähmte dies doch seine Kühnheit sehr, und einigermaßen eingeschüchtert trat er vor die Anfahrt hin.

7.

Das siebente und letzte Kapitel

»Ah, guten Tag! Ja, warum necken Sie denn meine Hunde?« fragte Iwan Nikiforowitsch, als er Golopus erblickte. Denn mit Golopus sprach niemand anders als im Tone der Verulkung.

»Daß sie allesamt verreckten!« fluchte Golopus. »Wer neckt sie denn?«

»Natürlich Sie. Ach, lügen Sie doch nicht!«

»Bei Gott, ich lüge nicht! – Der Polizeimeister läßt Sie zu Tische bitten.«

»Hm!«

»Bei Gott! Er bittet Sie so dringend, daß ich es kaum wiedergeben kann. ›Ich weiß nicht, was das sein soll‹, sagte er, ›Iwan Nikiforowitsch meidet mich wie einen Feind – er kommt nie mehr bei mir vorbei und sitzt nie mehr bei mir und schwatzt mit mir.‹«

Iwan Nikiforowitsch streichelte sein Knie.

»›Wenn jetzt Iwan Nikiforowitsch‹, sagte mir der Polizeimeister, ›auch heute ausbleibt, weiß ich nicht mehr, was ich denken soll – dann hat er gegen mich was vor. Ach, seien Sie doch so freundlich, lieber Golopus, und überreden Sie Iwan Nikiforowitsch!‹ – Also denn, Iwan Nikiforowitsch, gehn wir! Und Sie finden dort auch eine reizende Gesellschaft.« Doch Iwan Nikiforowitsch richtete den Blick auf einen Hahn, der auf der Treppe stand und krähte, was sein Kehlkopf hergab.

»Ach, Iwan Nikiforowitsch, wenn Sie wüßten«, fuhr der tüchtige Abgesandte fort, »welch einen wundervollen Stör und was für einen frischen Kaviar der Polizeimeister geschickt bekommen hat!«

Hier wendete Iwan Nikiforowitsch plötzlich den Kopf und hörte mit Interesse zu. Das gab dem Abgesandten neuen Mut.

»Kommen Sie schnell; auch Foma Grigorjewitsch ist da. – Na, kommen Sie?« fuhr er dann fort, als sich Iwan Nikiforowitsch nicht rührte. »Gehn wir jetzt, oder gehn wir nicht?«

»Ich denk nicht dran.«

Dies ›Ich denk nicht dran‹ verblüffte Golopus – er hatte schon geglaubt, durch sein eindringliches Zureden diesen immerhin sehr ehrenwerten Mann vollends herumgekriegt zu haben, und statt dessen hörte er jetzt dies entschiedne ›Ich denk nicht dran‹.

»Ja, warum wollen Sie denn nicht?« rief er mit einem Ärger, wie er ihn selbst dann nur selten zeigte, wenn man ihm ein angezündetes Stück Papier auf die Haare legte, womit sich der Richter und der Polizeimeister besonders gern vergnügten.

Iwan Nikiforowitsch schnupfte und blieb stumm.

»Tun Sie, was Ihnen paßt, Iwan Nikiforowitsch. Ich versteh allerdings nicht, was Sie abhalten kann.«

»Warum soll ich denn hin?« brummte Iwan Nikiforowitsch endlich. »Sicher ist der Räuber da!« So pflegte er Iwan Iwanowitsch zu nennen. – Und doch, gerechter Gott, wie lange war es her …?

»Bei Gott, er ist nicht da! So wahr ein Gott lebt, nein, er ist nicht da! Hier auf der Stelle soll mich gleich der Blitz erschlagen, wenn's nicht wahr ist«, sagte Golopus, der gern in einer Stunde zehnmal schwor. »Iwan Nikiforowitsch, kommen Sie doch mit!«

»Sie lügen, Golopus, er ist ganz sicher da.«

»Bei Gott, er ist nicht da! Ich will nicht mehr lebendig hier vom Fleck gehn, wenn er da ist! Überlegen Sie doch selbst, zu welchem Zweck sollte ich lügen? Hände und Füße mögen mir verdorren …! Glauben Sie mir jetzt noch immer nicht? Versteinern will ich hier vor Ihren Augen! Meine Eltern und ich selber sollen nach dem Tod nicht selig werden …! Glauben Sie mir jetzt noch immer nicht?«

Iwan Nikiforowitsch fühlte sich durch diese feurigen Beteuerungen beruhigt und ließ sich von seinem Kammerdiener in den grenzenlosen Rock, die weiten Hosen sowie den Kosakenrock aus Nanking helfen.

Mir scheint es vollkommen überflüssig, zu beschreiben, wie Iwan Nikiforowitsch sich die Hosen anzog, wie man ihm die Halsbinde umband und ihm zum Schluß in den Kosakenrock hineinhalf, der bei dieser Gelegenheit unter dem linken Arm zerriß. Es mag genügen, wenn ich feststelle, daß er sich dabei nicht in der an ihm gewohnten

Ruhe stören ließ und keine Silbe auf die Vorschläge des tüchtigen Golopus erwiderte, der sich gegen seinen Tabakbeutel irgend etwas andres von ihm eintauschen wollte.

Mittlerweile harrte die Gesellschaft voll Ungeduld auf die entscheidende Minute, wo Iwan Nikiforowitsch erscheinen und sich endlich auch der allgemeine Wunsch erfüllen würde, daß die beiden würdigen Ehrenmänner sich versöhnen möchten. Viele konnten es sich überhaupt nicht denken, daß Iwan Nikiforowitsch kommen würde. Und der Polizeimeister, der wollte sogar ganz ernsthaft mit dem schielenden Iwan Iwanowitsch darauf wetten; und bloß darum wurde nichts aus dieser Wette, weil der schielende Iwan Iwanowitsch verlangte, daß der Polizeimeister sein angeschossenes Bein gegen sein scheeles Auge setze – was der Polizeimeister sehr übelnahm, während die übrige Gesellschaft leise kicherte. Noch hatte sich kein Mensch zu Tisch gesetzt, obgleich es längst schon zwei geschlagen hatte – eine Zeit, um die in Mirgorod das Essen sogar bei den zeremoniellen Festlichkeiten längst im Gange ist.

Als Golopus dann in der Tür erschien, war er im Augenblick von aller Welt umringt. Er hatte aber auf die vielen interessierten Fragen nur die kurze und entschiedene Antwort: »Er kommt nicht!«

Kaum hatte er das ausgesprochen, als auch schon ein Sturm von Vorwürfen und Schimpfworten, vielleicht sogar von Nasenstübern auf das Haupt des Ärmsten sich entladen wollte, doch da ging die Tür auf – und Iwan Nikiforowitsch trat herein.

Wäre der Satan selber oder ein Gespenst erschienen, so hätte das Staunen der Gesellschaft kaum viel größer sein können, als da Iwan Nikiforowitsch vollkommen unerwartet eintrat. Golopus hielt sich die Seiten und zerplatzte fast vor Freude, weil es ihm gelungen war, die würdige Gesellschaft so schön anzuführen.

Sei es, wie es sei – dem ganzen Kreise schien es fast unglaublich, daß Iwan Nikiforowitsch sich in dieser kurzen Zeit so hatte anziehn lassen können, daß er wie ein richtiger Edelmann gekleidet war. Iwan Iwanowitsch befand sich in diesem Augenblick just nicht im Zimmer, weil er, weiß der liebe Gott warum, hinausgegangen war. Als man aus dem Erstaunen zu sich kam, erkundigte sich alle Welt, wie es Iwan Nikiforowitsch gehe; und man stellte mit Vergnügen fest, daß seine Korpulenz noch zugenommen habe. Und Iwan Nikiforowitsch küßte sich mit allen ab und sagte: »Danke sehr!«

Inzwischen füllte der Geruch der Rote-Rüben-Suppe das Gemach und kitzelte den Gästen, die recht ausgehungert waren, angenehm die Nase. Alles strömte in das Eßzimmer. Ein Zug von Damen, teils geschwätzig und teils schweigsam, teils beleibt, teils mager, ging voran und ließ den langen Tisch mit einem Schlag in hundert Farben flimmern. Ich will die Speisen nicht beschreiben, die es auf dem Tische gab! Ich sage nichts vom Quarkgebäck in saurer Sahne, nichts von den Kaldaunen, die es zu der Rote-Rüben-Suppe gab, auch nichts vom Puter mit Pflaumen und Rosinen, nichts von dem Gericht, das aussieht wie in Weißbier aufgeweichte Stiefel, und nichts von der Sauce, diesem Schwanenlied des alten Kochs, der Sauce, die in blauen Weingeistflammen lodernd aufgetragen wurde, was die Damen gleichzeitig ergötzte und erschreckte. Ich will nichts von diesen herrlichen Gerichten sagen, weil es mir unendlich viel vergnüglicher erscheint, sie zu verspeisen als sie zu beschwatzen.

Iwan Iwanowitsch gefiel ein Fisch, der mit Meerrettichsauce aufgetragen wurde, ganz besonders gut. Und er beschäftigte sich intensiv mit dieser nützlichen und nahrhaft kräftigen Angelegenheit. Er suchte selbst die feinsten Gräten vorsichtig heraus und legte sie auf den Tellerrand. Dabei sah er zufällig auch einmal nach seinem Gegenüber. Schöpfer des Himmels und der Erden, nein, wie war das sonderbar: ihm gegenüber saß Iwan Nikiforowitsch!

Zur gleichen Zeit sah auch Iwan Nikiforowitsch auf! – Nein, nein! … Ich kann nicht …! Gebt mir eine andre Feder! Meine Feder ist zu welk, zu tot, hat einen gar zu feinen Spalt für dieses Bild! – Zwei verwunderte Gesichter starrten reglos, wie aus Stein. Jeder von den beiden sah einen langjährigen Bekannten vor sich und empfand den dunklen Drang, sich ihm wie einem alten Freund zu nähern, ihm seine Tabakdose hinzuhalten und zu sagen: ›Bitte sehr‹ oder ›Darf ich bitten, mir die Ehre anzutun?‹ Doch gleichzeitig sah jeder in dem andern etwas

Schreckerregendes und gleichsam eine schlimme Vorbedeutung; deshalb rann der Schweiß Iwan Iwanowitsch wie Iwan Nikiforowitsch förmlich in Strömen von der Stirn.

Alle Anwesenden, so viele es am Tische gab, verstummten vor Aufmerksamkeit und wendeten kein Auge von den ehemaligen Freunden. Selbst die Damen, die sich lebhaft interessiert darüber unterhalten hatten, was Kapaune eigentlich von Hähnen unterscheide, unterbrachen ihr Gespräch. Es wurde völlig still. Dies war ein Bild, des Pinsels eines großen Malers würdig. Endlich zog Iwan Iwanowitsch sein Taschentuch hervor und begann sich mit Gewalt zu schneuzen. Iwan Nikiforowitsch aber sah sich um und schweifte mit den Augen nach der offnen Tür. Der Polizeimeister bemerkte diesen Blick sofort und ließ die Tür vorsorglich fest verschließen. Da begannen beide Freunde stumm zu essen, und kein Blick mehr wurde zwischen ihnen ausgetauscht. Kaum aber war das Mahl zu Ende, als die beiden sich erhoben und nach ihren Mützen suchten, um sich unauffällig zu entfernen. Doch der Polizeimeister winkte Iwan Iwanowitsch – nicht unserm Iwan Iwanowitsch, sondern dem andern mit dem scheelen Auge –, worauf dieser sich hinter Iwan Nikiforowitsch stellte, während der Polizeimeister schleunigst hinter Iwan Iwanowitsch trat. Und jeder schob nun seinen Mann gewaltsam vorwärts, um die beiden so einander nah zu bringen und nicht nachzulassen, bis sie sich die Hände reichten. Iwan Iwanowitsch mit dem scheelen Auge schob Iwan Nikiforowitsch zwar ein bißchen schief, doch immerhin noch halbwegs in die Richtung, wo Iwan Iwanowitsch stand. Der Polizeimeister jedoch nahm seinen Kurs nebenhinaus, weil er sich leider nicht mit seinem eigenwilligen Fußwerk in das rechte Einvernehmen setzen konnte, da es heute absolut nicht dem Kommando folgen wollte und, gleichsam aus Bosheit, große Bogen nach der falschen Seite schlug (was daher kommen mochte, daß bei Tisch recht viel verschiedner Likör getrunken worden war). So rannte denn Iwan Iwanowitsch mit einer Dame in hellrotem Kleid zusammen, die sich neugierig bis mitten in den Kreis gedrängt hatte. Dieses Vorzeichen bedeutete gewiß nichts Gutes. Aber um die Sache richtig ins Lot zu bringen, trat nun der Richter an den Platz des Polizeimeisters, sog mit der Nase allen Tabak von der Oberlippe fort und schob Iwan Iwanowitsch nach der andern Seite. Dies war die Art, auf die die Mirgoroder Streitigkeiten aus der Welt zu schaffen pflegten. Als der Richter nun Iwan Iwanowitsch schob, spannte Iwan Iwanowitsch mit dem scheelen Auge alle Muskeln an und schob Iwan Nikiforowitsch, dem der Schweiß herunterlief wie Regenwasser aus der Traufe, vorwärts. Und so heftig sich die beiden Freunde auch entgegenstemmten, schließlich stießen sie zusammen, weil die Leute, die sie schoben, tüchtige Unterstützung durch die andern Gäste fanden.

Diese schlossen sich zum Kreis und ließen ihre Opfer nicht hinaus, bis sie sich endlich doch die Hände reichten.

»Lieber Gott, Iwan Iwanowitsch und Iwan Nikiforowitsch! Fragen Sie sich selbst auf Ihr Gewissen: warum haben Sie sich eigentlich verzankt? Wahrhaftig doch um einen Dreck! Ja, schämen Sie sich denn nicht vor den Menschen und vor Gott?«

»Ich weiß nicht«, keuchte Iwan Nikiforowitsch ganz erschöpft (und man sah wohl, daß er einer Versöhnung gar nicht abgeneigt war), »ich weiß nicht, was ich Iwan Iwanowitsch getan habe, daß er deswegen meinen Stall zertrümmern und Anschläge auf mein Leben machen mußte!«

»Und ich bin mir keines schlimmen Anschlags bewußt«, sagte Iwan Iwanowitsch, ohne Iwan Nikiforowitsch anzusehn. »Ich schwöre hier vor Gott, wie auch vor Ihnen, ehrenfeste adlige Versammlung, daß ich meinem Feinde nichts getan habe. Weswegen schmäht er mich und schädigt meinen Rang und Stand?«

»Wieso hab ich Sie denn geschädigt, werter Herr?« fragte Iwan Nikiforowitsch.

Nur noch einen Augenblick der Aussprache, und eine lange Feindschaft wäre ausgelöscht gewesen. Und Iwan Nikiforowitsch griff schon in die Tasche, die Tabakdose daraus hervorzuholen und zu sagen: ›Bitte sehr!‹

»Bedeutet das denn keine Schädigung, geehrter Herr«, erwiderte Iwan Iwanowitsch mit immer noch gesenktem Blick, »wenn Sie mir

Rang und Namen durch ein Wort verunehren, das hier an dieser Stelle auszusprechen unfein wäre?«

»Gestatten Sie mir eine freundschaftliche Mitteilung, Iwan Iwanowitsch!« und dabei faßte Iwan Nikiforowitsch seinen ehemaligen Freund an einem Knopf, was doch gewiß Versöhnlichkeit bedeutete. »Sie fühlen sich durch weiß der Teufel was gekränkt; weil ich zu Ihnen sagte ›Gänserich‹ ...«

Iwan Nikiforowitsch spürte gleich, wie unvorsichtig es von ihm gewesen war, sich dieses Ausdrucks zu bedienen; doch es war zu spät: nun war es schon gesagt. Und alles ging zum Teufel! Hatte dieses Wort Iwan Iwanowitsch, als es unter vier Augen ausgesprochen wurde, schon empört und einen Zorn in ihm erregt, in dem ich keinen Menschen sehen möchte, dann wird sich der liebe Leser denken können, was geschah, als dieses mörderische Wort vor einem großen Kreise ausgesprochen wurde, dem auch viele Damen angehörten, in deren Gesellschaft sich Iwan Iwanowitsch besonders wohlanständig zu benehmen liebte! Hätte es Iwan Nikiforowitsch nur ein bißchen anders angefaßt, hätte er ›Vogel‹ gesagt statt ›Gänserich‹, dann wäre immer noch die Möglichkeit gewesen, alles wieder gutzumachen. Jetzt aber war es einfach aus! Er warf Iwan Nikiforowitsch einen Blick zu – oh, und was für einen Blick! Hätte dieser Blick vollziehende Gewalt gehabt, so wäre sicherlich Iwan Nikiforowitsch auf der Stelle in Staub verwandelt worden. Und die andern Gäste fühlten auch, was dieser Blick bedeutete – sie trennten die gewesenen Freunde schleunigst. Und der sanfte Mensch, der nie an einer Bettlerin vorüberging, ohne sie nach allem auszufragen, ging in fürchterlicher Wut nach Hause. So gewaltige Stürme bringt die Leidenschaft hervor!

Einen vollen Monat hörte man nichts weiter von Iwan Iwanowitsch. Er schloß sich ab vor aller Welt und machte die Schatulle auf, die ein Familienerbstück war. Was aber holte er daraus hervor? Was glaubt ihr? Silberrubel! Alte Silberrubel, die dort seit Großvaters Zeiten ruhten. Und die Silberrubel nahmen ihren Weg in die verschmutzten Hände widerlicher Tintenschmierer. Der Prozeß ging weiter an das Bezirksgericht. Erst als Iwan Iwanowitsch die frohe Botschaft hörte, daß die

Sache morgen endgültig entschieden werde, zeigte er sich wieder vor der Welt und wagte sich aus seinem Haus. Doch o weh: seitdem hat das Bezirksgericht jeden geschlagnen Tag erklärt, daß morgen die Entscheidung fallen würde, und das nun schon seit zehn Jahren.

Fünf Jahre sind es jetzt, seit ich zum letztenmal durch Mirgorod kam. Ich reiste damals zu ungünstiger Zeit, im Herbst, bei traurig feuchtem Wetter, Schmutz und Nebel. Ein Grün, das beinah unnatürlich wirkte und die Ausgeburt der ewigen, langweiligen Regengüsse war, bedeckte Flur und Feld mit einem dürftigen Netz und stand ihnen so an, wie Narrenspossen einem alten Mann und Rosen einer Greisin zu Gesicht stehn. Das Wetter hatte damals starke Einwirkung auf meine Stimmung – war es trüb, so war auch meine Laune trüb. Und doch, als ich nun Mirgorod näher kam, da fühlte ich mein Herz lebhafter pochen. Gott, alle die Erinnerungen! Seit zwölf Jahren hatte ich den Ort nicht mehr gesehn. Und damals lebten hier in rührender und vorbildlicher Freundschaft zwei wahrhaft seltne Männer, zwei wahrhaft seltne Freunde. Und wie viele bekannte Leute waren unterdes gestorben! Beispielsweise war der Richter schon aus dieser Welt geschieden, und Iwan Iwanowitsch mit dem scheelen Auge hatte sich gleichfalls empfohlen. Ich kam in die Hauptstraße; wohin man blickte, standen Stangen mit darangebundnen Strohwischen – eine Planierung war also im Gang. Einige Hütten waren abgerissen, und die Überreste ihrer Flechtwerkzäune stachen melancholisch in die Luft.

Es war ein Feiertag; ich ließ meinen mit einer Matte überdeckten Bauernwagen vor der Kirche halten und trat mit so leisen Schritten ein, daß sich kein Mensch nach mir umschaute. Übrigens, wer hätte das auch tun sollen? Die Kirche war fast leer. Kaum ein paar Leute waren zu erblicken. Selbst die Frömmsten hatten sich wohl vor dem Schmutz gescheut. Die Kerzen wirkten in dem trüben oder, besser ausgedrückt, kränklichen Tageslicht sonderbar unbehaglich; Trauer wehte einen aus den dunklen Kirchenschiffen an; die hohen, schmalen Fenster mit den Butzenscheiben waren überströmt von Regentränen. Ich betrat das Mittelschiff und fragte einen ehrwürdigen alten Mann mit grauem Haar: »Gestatten Sie die Frage: Lebt Iwan Nikiforowitsch

noch?« In diesem Augenblick sprühte die Lampe vor einem Heiligen-
bilde heller auf, und ihr Licht schien dem alten Mann gerade ins Gesicht. Wie staunte ich, als ich bei näherer Betrachtung merkte, daß da
ein Bekannter vor mir stand! Es war Iwan Nikiforowitsch selber! Aber
wie verändert sah er aus!

»Geht's Ihnen gut, Iwan Nikiforowitsch? Nein, wie Sie alt geworden
sind!«

»Ja, ich bin alt geworden. Ich komm eben aus Poltawa«, erwiderte
Iwan Nikiforowitsch.

»Was Sie sagen! Nach Poltawa fahren Sie bei diesem schlechten
Wetter?«

»Ja, was soll man machen? Der Prozeß ...«

Bei diesem Wort seufzte ich unwillkürlich auf.

Iwan Nikiforowitsch hörte diesen Seufzer wohl und sagte mir zum
Trost: »Beruhigen Sie sich – ich hab sichre Nachricht, daß die Sache
nächste Woche zur Entscheidung kommt, und zwar gewinn ich den
Prozeß.«

Ich zuckte die Achseln und ging weiter, um auch nach Iwan Iwanowitsch zu fragen.

»Oh, Iwan Iwanowitsch ist hier«, sagte mir ein gefälliger Mann,
»dort oben auf dem Chor.«

Und ich erblickte eine hagre Gestalt. War das Iwan Iwanowitsch?
Runzeln durchfurchten sein Gesicht, das Haar war weiß wie Schnee.
Nur die Pekesche hatte sich gar nicht verändert.

Nach den ersten Worten der Begrüßung sagte mir Iwan Iwanowitsch
mit dem vergnügten Lächeln, das sein trichterförmiges Gesicht so lie-
benswürdig machte: »Soll ich Ihnen eine angenehme Neuigkeit erzählen?«

»Was für eine Neuigkeit?« erkundigte ich mich.

»Morgen wird mein Prozeß bestimmt entschieden; das Bezirksgericht
hat es mir fest zugesagt.«

Ich seufzte noch viel tiefer, nahm dann schleunigst Abschied – weil
ich in einer wichtigen Sache unterwegs war – und setzte mich in mein
Gefährt. Die magren Gäule, die in Mirgorod Kurierpferde vorstellen

müssen, zogen an und machten mit den Hufen, die tief in dem grauen Dreck versanken, ein den Ohren unsympathisches Geräusch. Der Regen goß in Strömen auf den Juden nieder, der in eine Matte eingewickelt auf dem Bock saß. Die Nässe ging mir durch und durch. Der traurige Schlagbaum mit der Wächterbude, darin der Invalide seine graue ›Rüstung‹ flickte, zog langsam vorbei. Und wieder freies Feld, hier aufgepflügt und schwarz, dort grünlich schimmernd, nasse Raben, eintöniger Regen und der weinerliche Himmel ohne einen hellen Fleck. – Ja, meine Herren, dies ist eine Tränenwelt!

Biographie

1809   *1. April:* Nikolaj Vasilevič Gogol wird als Sohn eines ukrainischen Gutsbesitzers in Bolschije Sorotschinzy (Gebiet Poltawa) geboren.

1819–21 Er besucht das Internat in Poltawa.

1821–28 Er besucht das Lyzeum in Nezhin.

1828   Er zieht nach Moskau, arbeitet kurze Zeit als Beamter, ehe er sich ganz der Dichtung zuwendet.

Er geht nach Sankt Petersburg, wo er später beim Versuch, eine Anstellung an der dortigen Universität zu erhalten, scheitert.

Nach einer Reise durch Norddeutschland und dem Scheitern einer Theaterlaufbahn erhält er schließlich eine Stelle im Staatsdienst.

1829   In Petersburg macht Gogol die Bekanntschaft Alexandr Puškins und betätigt sich mit dem eskapistischen Szenenidyll »Ganc Kjuchel'garten« (»Hans Küchelgarten«), das anonym erscheint, erstmals literarisch. In den Augen der zeitgenössischen Literaturkritik ist das Poem gänzlich misslungen: Die Besprechungen sind sehr negativ.

1831–32 Begeistert hingegen wird Gogols folkloristisch inspirierter Erzählband »Večera na chutore bliz Dikan'ki« (»Abende auf einem Weiler bei Dikanka«) aufgenommen, welcher das Leben ukrainischer Bauern schildert.

1834   Gogol wird Adjunktprofessor am Lehrstuhl für Allgemeine Geschichte der Universität Sankt Petersburg.

1835   Mit einer weiteren Sammlung von Dorfgeschichten, »Mirgorod«, kann der Autor an den Erfolg von »Abende auf einem Weiler bei Dikanka« anknüpfen. Die darin enthaltene, von der Schauerromantik und den Romanen Sir Walter Scotts geprägte historische Novelle »Taras Bulba« über die Auseinandersetzungen von Kosaken und Polen erweitert der Autor sieben Jahre später.

Zu den Petersburger Novellen gehören »Portret« (»Das Porträt«), »Nevskij Prospekt« (»Der Newski Prospekt«), »Zapiski sumasšedšego« (»Aufzeichnungen eines Wahnsinnigen«) und »Nos« (»Die Nase«). Zum Teil werden sie bereits in Gogols Erzählband »Arabeski« (»Arabesken«) aufgenommen.

Gogols Drama »Revizor« entsteht.

1836   Mit der Komödie »Der Revisor«, in der er Dummheit und Bestechlichkeit seiner einstigen Beamtenkollegen geißelt, hat er seinen ersten großen Erfolg.

»Koljaska« (»Der Wagen«) erscheint.

1836–48   Gogol kehrt nun seiner Heimat den Rücken, lebt in Italien und schafft mit dem Roman »Mertvye Duši« (»Die toten Seelen«), der als Trilogie angelegt ist und dessen zweiten Band er kurz vor seinem Tod (Moskau, 4. März 1852) verbrennt, ein Bild des russischen Wesens. Es ist auch ein Selbstportrait, denn des Dichters letzte Jahre sind von Gewissensqualen überschattet, wie sie schon seine »Zapiski sumasšedšego« (»Aufzeichnungen eines Wahnsinnigen«, 1835) ahnen ließen.

1842   Gogols wohl bekannteste und einflußreichste Erzählung »Šinel'« (»Der Mantel«) erscheint.

»Rim« (»Rom«).

»Ženit'ba« (»Die Hochzeit«).

1843   »Igrogi«.

1847   Das irrationalistisch-moralisierendes Lehrstück »Vybrannye mesta iz perepiski s druz jami« (»Ausgewählte Stellen aus dem Briefwechsel mit Freunden«) erscheint.

Gogols Buch reizt den russischen Kritiker Wissarion Grigorijewitsch Belinskij zu einer scharfen Zurechtweisung, in welcher er Gogol einen »Apostel der Unbildung« nennt.

1848   Der Autor unternimmt eine Pilgerreise nach Palästina.

1852   Unter dem Einfluss eines fanatischen Priesters, der ihn davon überzeugt, dass sein Erzählwerk sündhaft sei, zerstört er in einem Anfall religiösen Wahns Teile des Fortsetzungsmanuskriptes von »Die toten Seelen«.

4. März: Gogol stirbt in Moskau; ein Fragment der »Toten Seelen« erscheint posthum 1855.

Erzählungen der Frühromantik

1799 schreibt Novalis seinen Heinrich von Ofterdingen und schafft mit der blauen Blume, nach der der Jüngling sich sehnt, das Symbol einer der wirkungsmächtigsten Epochen unseres Kulturkreises. Ricarda Huch wird dazu viel später bemerken: »Die blaue Blume ist aber das, was jeder sucht, ohne es selbst zu wissen, nenne man es nun Gott, Ewigkeit oder Liebe.«

Tieck Peter Lebrecht **Günderrode** Geschichte eines Braminen **Novalis** Heinrich von Ofterdingen **Schlegel** Lucinde **Jean Paul** Des Luftschiffers Giannozzo Seebuch **Novalis** Die Lehrlinge zu Sais
ISBN 978-3-8430-1878-4, 416 Seiten, 29,80 €

Erzählungen der Hochromantik

Zwischen 1804 und 1815 ist Heidelberg das intellektuelle Zentrum einer Bewegung, die sich von dort aus in der Welt verbreitet. Individuelles Erleben von Idylle und Harmonie, die Innerlichkeit der Seele sind die zentralen Themen der Hochromantik als Gegenbewegung zur von der Antike inspirierten Klassik und der vernunftgetriebenen Aufklärung.

Chamisso Adelberts Fabel **Jean Paul** Des Feldpredigers Schmelzle Reise nach Flätz **Brentano** Aus der Chronika eines fahrenden Schülers **Motte Fouqué** Undine **Arnim** Isabella von Ägypten **Chamisso** Peter Schlemihls wundersame Geschichte **Hoffmann** Der Sandmann **Hoffmann** Der goldne Topf
ISBN 978-3-8430-1879-1, 408 Seiten, 29,80 €

Erzählungen der Spätromantik

Im nach dem Wiener Kongress neugeordneten Europa entsteht seit 1815 große Literatur der Sehnsucht und der Melancholie. Die Schattenseiten der menschlichen Seele, Leidenschaft und die Hinwendung zum Religiösen sind die Themen der Spätromantik.

Brentano Die drei Nüsse **Brentano** Geschichte vom braven Kasperl und dem schönen Annerl **Hoffmann** Das steinerne Herz **Eichendorff** Das Marmorbild **Arnim** Die Majoratsherren **Hoffmann** Das Fräulein von Scuderi **Tieck** Die Gemälde **Hauff** Phantasien im Bremer Ratskeller **Hauff** Jud Süss **Eichendorff** Viel Lärmen um Nichts **Eichendorff** Die Glücksritter
ISBN 978-3-8430-1880-7, 440 Seiten, 29,80 €

Erzählungen aus dem Biedermeier

Biedermeier - das klingt in heutigen Ohren nach langweiligem Spießertum, nach geschmacklosen rosa Teetässchen in Wohnzimmern, die aussehen wie Puppenstuben und in denen es irgendwie nach »Omma« riecht.

Zu Recht. Aber nicht nur.

Biedermeier ist auch die Zeit einer zarten Literatur der Flucht ins Idyll, des Rückzuges ins private Glück und der Tugenden. Die Menschen im Europa nach Napoleon hatten die Nase voll von großen neuen Ideen, das aufstrebende Bürgertum forderte und entwickelte eine eigene Kunst und Kultur für sich, die unabhängig von feudaler Großmannssucht bestehen sollte.

Georg Büchner Lenz **Karl Gutzkow** Wally, die Zweiflerin **Annette von Droste-Hülshoff** Die Judenbuche **Friedrich Hebbel** Matteo **Jeremias Gotthelf** Elsi, die seltsame Magd **Georg Weerth** Fragment eines Romans **Franz Grillparzer** Der arme Spielmann **Eduard Mörike** Mozart auf der Reise nach Prag **Berthold Auerbach** Der Viereckig oder die amerikanische Kiste

ISBN 978-3-8430-1884-5, 444 Seiten, 29,80 €

Erzählungen aus dem Biedermeier II

Annette von Droste-Hülshoff Ledwina **Franz Grillparzer** Das Kloster bei Sendomir **Friedrich Hebbel** Schnock **Eduard Mörike** Der Schatz **Georg Weerth** Leben und Taten des berühmten Ritters Schnapphahnski **Jeremias Gotthelf** Das Erdbeerimareili **Berthold Auerbach** Lucifer

ISBN 978-3-8430-1885-2, 440 Seiten, 29,80 €

Erzählungen aus dem Biedermeier III

Eduard Mörike Lucie Gelmeroth **Annette von Droste-Hülshoff** Westfälische Schilderungen **Annette von Droste-Hülshoff** Bei uns zulande auf dem Lande **Berthold Auerbach** Brosi und Moni **Jeremias Gotthelf** Die schwarze Spinne **Friedrich Hebbel** Anna **Friedrich Hebbel** Die Kuh **Jeremias Gotthelf** Barthli der Korber **Berthold Auerbach** Barfüßele

ISBN 978-3-8430-1886-9, 452 Seiten, 29,80 €